David Führt

AF140072

Zum Buch:

Seit einigen Wochen verschwinden junge attraktive Frauen aus der ganzen Stadt und tauchen in unregelmäßigen Abständen verhungert und von ihrem Peiniger gezeichnet wieder auf. Das Team um Hauptkommissar Niklas Schröder und Oberkommissarin Katja Fuchs übernehmen den Fall, der die ganze Stadt im Atem hält.

David Führt

DAS LETZTE MÄDCHEN

DAS LETZTE MÄDCHEN
3. überarbeitete Auflage
(Deutsche Erstausgabe)
Copyright © 2019 dieser Ausgabe bei
David Führt
Lektorat: Schreibservice Walbach
Korrektorat und Satz: Stefanie Maucher
Umschlaggestaltung und Konzeption: bookcoversart.com

TWENTYSIX- Der Self-Publishing-Verlag
Eine Kooperation zwischen der Verlagsgruppe Random
House und BoD – Books on Demand

Herstellung und Verlag: BoD – Books on Demand,
Norderstedt

ISBN: 9783740753542
Auch als E-Book verfügbar

E-Mail: david_fuehrt@mail.de

Herausgeber: David Führt
Margarethenstr. 16
99820 Hörselberg-Hainich

Zum Autor:

David Führt wurde 1992 in Arnstadt/Thüringen geboren und lebt in der Nähe von Eisenach. »DAS LETZTE MÄDCHEN« ist der Titel seines Debütromans und das erste Buch der Reihe um Hauptkommissar Niklas Schröder und seiner Kollegin Katja Fuchs.

Inhalt

David Führt

DAS LETZTE

MÄDCHEN

Kriminalroman

An Sarah. Danke für alles.

Prolog

Nach wochenlanger Ermittlungsarbeit hatte das Team um den Leipziger Top-Ermittler Niklas Schröder den Mann gefasst, der unzählige Frauen auf dem Gewissen hat. Er wurde für immer weggesperrt. Nur nicht, und dies war der einzige Wermutstropfen, hinter Gefängnisgitter, sondern in eine geschlossene Anstalt.

Ungeduldig blickte Schröder auf seine Armbanduhr. Er befand sich gerade auf einer Pressekonferenz, welche mit großem medialem Interesse verfolgt wurde. Sein Unmut über die Behandlung eines Menschen, der eine ganze Stadt in Atem gehalten hatte, war unschwer an seinem Gesicht abzulesen. Er schien in den letzten Wochen um Jahre gealtert zu sein. Seine Falten schienen tiefer, die Augenringe dunkler und sichtbarer. Betitelten ihn Pressevertreter vor wenigen Wochen noch als total unfähig, wurden er und sein Team nun hochgelobt.

»Wissen Sie, in Deutschland gibt es eine Presse- und Meinungsfreiheit, das ist einerseits gut, doch andererseits möchte ich an so manchem Morgen gar nicht erst das Haus verlassen, da ich auf dem Weg Richtung Revier unweigerlich die Tageszeitung in die Hand gedrückt bekomme. Ich bin jedes Mal erleichtert, wenn es mal nicht um mich und mein kompetentes Team geht. Dabei gibt es doch bestimmt andere – interessantere – Dinge, über die man berichten könnte, um die Seiten voll zu bekommen.«

Ein Raunen ging durch die Menge. Von der euphorischen Atmosphäre war nun nichts mehr zu spüren. Eine junge Frau, schätzungsweise dreißig Jahre alt, stand auf. Dabei fielen ihre langen haselnussbraunen Haare über ihre Schultern. Eine Brille mit einem viel zu dicken Rand, die unweigerlich an einen Fensterrahmen erinnerte, zierte ihr schmales und ebenes Gesicht. Die junge Frau stach kaum aus der Menge hervor, was vielleicht auch an ihren einen Meter siebenundfünfzig liegen mochte, mit denen sie kleiner war, als der Durchschnitt der in Deutschland lebenden Frauen. An der Brust der Journalistin baumelte ein Anhänger mit dem Aufdruck »Leipziger Tageskurier«.

»Haben Sie eine Ahnung, wieso die Tageszeitungen über die Arbeit Ihres Teams so negativ berichteten?«, wollte sie wissen, doch Schröder reagierte nicht.

»Also nicht«, kommentierte sie sein Stillschweigen.

»Als Frau hat man es so schon nicht leicht, vor allem nicht in einer Metropole wie Leipzig es ist, und wenn man dann noch erfährt, dass über Wochen ein Vergewaltiger unterwegs ist und die Polizei viel zu lange braucht, um diesen endlich dingfest zu machen, ist es doch klar, dass wir beginnen negativ über Sie zu berich…«

In einem etwas zu energischen Tonfall unterbrach er den Redeschwall der jungen Journalistin.

»Junge Frau, wir geben tagtäglich unser Bestes! Wir sorgen dafür, dass man in Leipzig sicherer leben kann, als in so manch anderer Stadt in unserem Land. Wir wissen, wie wir unsere Arbeit zu machen haben. Es ist klar, dass so ein brisanter Fall, wie wir ihn jetzt hatten, auch mit vielen Emotionen verbunden war, Angst, Wut und Hass, womöglich zu gleichen Teilen. Angst, weil es uns nicht schnell genug gelang, den Mann zu fassen. Wut und Hass auf die Justiz, weil wir uns eben nun mal in unserem Rechtsstaat an gewisse Richtlinien zu halten haben! Wir können nicht einfach durch die Stadt spazieren und jeden, der uns auch nur ein bisschen verdächtig vorkommt, festnehmen. In solchen Fällen ist es wichtig mit Bedacht vorzugehen. Über Wochen haben wir Beweise zusammengesucht und als wir genug gegen ihn in der Hand hatten, konnten wir handeln. Wir werden von Familien der Opfer aufgesucht und beschuldigt, dass nichts geschieht. Ich kann Ihnen versichern, dass wir auf Hochtouren gearbeitet haben. Auch uns hat es geärgert, dass wir diesen Menschen nicht schnell genug stellen konnten. Und dann kommen Sie und Ihre Pressekollegen und leckt euch eure gierigen Finger nach einer Story, um Verkaufszahlen zu machen und dabei die Masse aufzuheizen. Haben Sie sonst noch etwas auf dem Herzen?«

»Nein, danke. Ich habe keine weiteren Fragen«, erklärte die Journalistin, ließ sich auf den unbequemen Stuhl hinter sich fallen und sehnte das Ende dieser Konferenz herbei. Sie hatte das Gefühl, lange nicht mehr eine solche Demütigung erfahren zu haben. Wenig später kam ein anderer Polizist auf sie zu. Sein rotes Haar war so lang, dass der Pony einen Teil seiner Augen verdeckte.

»Guten Tag Frau Sommer, mein Name ist Thomas Engel.«

»Guten Tag«, sagte sie.

»Nehmen Sie meinen Chef nicht so ernst. Er ärgert sich nur, dass man uns damals so einen Druck gemacht hatte. Außerdem haben wir, wie sie sicher gehört haben, nun einen ähnlichen Fall, und da liegen bei ihm verständlicherweise die Nerven blank. Aber ich bin eigentlich gekommen, um Sie etwas anderes zu fragen. Ich finde Sie sympathisch und wollte wissen, ob Sie Lust hätten mit mir etwas essen zu gehen?«

Nina schüttelte den Kopf. »Ich bin vergeben, tut mir leid.«

»Das ist sehr schade, darf ich Ihnen trotzdem meine Nummer geben?«

Sie zuckte lustlos mit ihren Schultern. Dennoch tauschten sie die Nummern aus und Thomas Engel verabschiedete sich.

***

Nina Sommer war auf dem Weg ins Hotel Seehof, um ihren Freund auf der Arbeit zu besuchen. Er war der Grund, warum sie einem kleinen Kaff den Rücken gekehrt hatte und in die

Messestadt gezogen war. Seit nunmehr einem Jahr arbeitete und lebte die Journalistin hier, doch wenn sich die Möglichkeit ergab, stattete sie ihrer alten Heimat einen Besuch ab. Es war nicht einmal zehn Minuten her, dass ihr Smartphone in ihrer Tasche geklingelt hatte. Basti, ihr Lebensgefährte, wollte sich nach seiner Schicht mit ihr am Hotel treffen. Er druckste herum und wollte ihr nicht mitteilen, warum gerade dort. Sie hätten sich doch spätestens am Abend gesehen. Sonst war der Mann, mit dem sie ihre Zukunft verbringen wollte, nicht so geheimnisvoll.

Basti ahnte nicht, dass Nina sowieso auf dem Weg zu ihm gewesen war, um einfach nur mit ihm zu reden. Sie brauchte seine Nähe nach solchen Tagen, Tage, die einfach nur beschissen liefen. Er schaffte es immer wieder, sie aufzubauen. Er gab ihr Kraft. Austeilen, das war schon immer die Stärke der taffen Brünetten, einstecken dafür umso weniger.

Am Hotel angekommen, sah Nina den jungen blonden Mann schon am Eingang des Gebäudes stehen. Ein wenig Enttäuschung machte sich in ihr breit. Sie wusste es war albern, aber sie hatte die Hoffnung gehabt, dass der Grund, wieso er so spontan um ein Treffen bat, der war, ihr endlich eine Frage zu stellen, auf die sie schon seit gefühlten Ewigkeiten wartete. Doch nach seiner gewöhnlichen Kleidung zu urteilen, würde es heute nicht den ersehnten Heiratsantrag geben. Die beiden waren bereits zwei Jahre zusammen gewesen, als sie sich entschloss, nach Leipzig zu ziehen.

Sie liefen ein Stück Richtung Zwenkauer See, der nur einen Katzensprung von Bastis Arbeitsplatz entfernt war. Dort hatte er ihr damals auf einem Fest seine Liebe gestanden. Sie war für einen kleinen Artikel des Tagesblattes in Leipzig unterwegs gewesen und lernte in einem Café den sympathischen Basti kennen. Für sie wäre es das Schönste, wenn er ihr genau hier die lang ersehnte Frage stellen würde. Seine nervöse Art ließ erneut Hoffnung in ihr entflammen. Den gesamten Weg war er, untypisch für ihn, seltsam still.

»Hast du irgendwas?«, wollte sie wissen, als er sich weiter in Schweigen hüllte. Er seufzte und blickte an ihr vorbei in die Ferne.

»Also, ich …«, begann er. Ninas Herz schlug ihr bis zum Hals. Sollte es nun wirklich wahr werden? Nervös scharrte er mit seinen ausgeblichenen roten Sneakers ein paar Steine umher. Er mied ihren Blick.

»Was ist denn? Du weißt du kannst mir alles sagen«, versuchte die junge Frau es erneut. Er schloss die Augen.

»Ich kann das nicht mehr«, nuschelte er.

Verwirrt blickte sie ihn an. »Was kannst du nicht mehr? Mensch, lass dir doch nicht alles aus der Nase ziehen.«

»Ich möchte nicht mehr mit dir zusammen sein. Ich denke schon seit einigen Wochen darüber nach«, gestand er, doch sie hatte schon abgeschaltet als er sagte, dass es aus sei. Natürlich war Nina bitter enttäuscht und würde dies auch noch die nächsten Tage sicherlich sein. Auch wollte sie den Grund für das plötzliche Beziehungsaus nicht hören. Sie rannte wenige Sekunden, nachdem er die Worte ausgesprochen hatte, die ihr Herz in Milliarden Scherben zersplitterten, weinend zurück in Richtung Hotel, wo sie ihr Auto abgestellt hatte. Sie konnte die Tränen nicht mehr zurückhalten. Je mehr die bittere Wahrheit in ihr Hirn drang, umso schwerer wurde ihr Herz und die Enttäuschung über seine Worte. Ihre Schritte beschleunigten sich, die letzten Meter rannte sie zum Hotelparkplatz. Sie wollte nur noch eins und das war nach Hause ins Bett. Sich einmummeln und die ganze Welt hassen.

Zu Hause angekommen, bemerkte sie gegenüber dem Block, in dem sie wohnte, ein für sie unbekanntes Auto, einen weißen Seat Ibiza. Sollen das schon die neuen Nachbarn sein, fragte sie sich, während sie sich der Hauseingangstür zuwendete. Mit zittrigen Händen versuchte sie ihren Schlüssel in das Schloss zu führen. Es war schon ziemlich unwirklich, wie sich von der einen zur anderen Sekunde dein ganzes Leben verändern konnte. Gerade wenn du glaubst, dass du genau weißt, wie sich dein Leben entwickeln würde. Und man selbst steht nur daneben und kann zuschauen. Jetzt hatte sie nur noch ihren Beruf, einen Job, für den sie ihre Freunde links liegen ließ, sich nie Zeit für sie genommen hatte. Es war schon sehr verwunderlich, dass die Beziehung unter den Umständen so lange halten konnte. Sie war durchaus als Workaholic zu bezeichnen. In der Redaktion war sie morgens meist die Erste und spätabends die Letzte, die das Gebäude verließ. Basti hatte sich damit arrangiert. Klar hatte es ein paar kleine Streits gegeben, weil sie so viel arbeitete, aber am Ende hatte er es doch immer verstanden. Auch deswegen kam das Beziehungsaus für sie umso heftiger. Oder hatte er einfach nur gehofft, dass sich Nina irgendwann änderte? Schließlich wollte er ja früher oder später Kinder mit der hübschen Journalistin. Im Gegensatz zu ihr, für die das Thema ein rotes Tuch war. War es mit ihrem Beruf doch nicht vereinbar

Denk an das Aug', das überwacht / noch eine
Freude dir bereitet, / denk an die Hand, die manche Nacht /
dein Schmerzenslager dir
gebreitet, / des Herzens denk, das einzig wund /
und einzig selig deinetwegen, / und dann knie nieder auf den
Grund / und fleh um deiner Mutter Segen!

Annette von Droste-Hülshoff

Kapitel 1

2005

Alles begann an einem Sommerabend. Ihre Familie war bei Tante und Onkel zum Grillen eingeladen. Auch der Freund Ihres Vaters, mit dem sich das Mädchen sehr gut verstand, war dabei. Die beiden besaßen einen kleinen gemütlichen Schrebergarten, nicht weit von der eigentlichen Wohnung entfernt. Die Rostbrätel und Bratwürste dufteten lecker und die Salate luden zum Verzehr ein. Aus dem alten Funkradio, welches sich in einem Holzgehäuse befand, ertönte Musik und alle hatten ihren Spaß. Sie war damals noch ein Kind gewesen und während die Erwachsenen sich bei eisgekühlten Getränken unterhalten hatten, war sie in ihre ganz eigene Welt versunken. Eine Welt voller Fantasie, die nur ein Kind verstehen konnte. Sie konnte sich dem stundenlang hingeben und alles sein was sie wollte, es gab keine Grenzen. Für Erwachsene war es oft faszinierend, was in den Köpfen ihrer Schützlinge vorging.

»Sie ist seit dem letzten Mal aber wieder ganz schön gewachsen«, bemerkte die Tante ihrer Schwester gegenüber.

»Ja«, meinte diese lächelnd. »Kaum zu glauben, dass sie schon seit einem Jahr in die Schule geht.« »Eh du dich versiehst, ist sie erwachsen und zieht aus«, sagte sie lachend.

»Und wie macht sie sich in der Schule?«, wollte der Kumpel ihres Vaters wissen. Sie nannte ihn immer beim Spitznamen: Massel. Dieser Mann war der Mutter des Mädchens schon immer etwas suspekt gewesen.

»Ab und an hat sie kleine Schwierigkeiten, im Moment steht sie mit Mathe auf Kriegsfuß.«

»Ach …«, er machte eine wegwerfende Handbewegung, »...sie ist doch ein hübsches gescheites Mädchen, sie bekommt das schon hin.« Alle lachten.

»Das stimmt«, sagte ihr Vater. »Sie erklärt mir manchmal Dinge, von denen ich nicht einmal wusste, dass sie das schon weiß.«

Zum Ende vereinbarten die Schwestern, dass das Kind bei den Verwandten übernachten könne. Und auch Marcel blieb, da er sich mit seiner Lebensgefährtin gestritten hatte. Das Mädchen hing sehr an ihrer Tante und von daher hatte keiner etwas dagegen. Die Frauen verabschiedeten sich mit einer Umarmung.

»Ich hole die Kleine gegen acht Uhr ab. Oder hast du etwas dagegen?«

Ihre Schwester schüttelte den Kopf. »Absolut nicht.«

Die Männer nickten sich zum Abschied lediglich zu. Das Mädchen umarmte seine Eltern und ging dann mit

Tante, Onkel und Marcel in Richtung deren Wohnung. Nachdem die Mutter ihrer Tochter noch ihre Schlafsachen vorbeigebracht hatte, machte diese sich für das Zubettgehen fertig.

»Soll ich dir noch etwas vorlesen?«, fragte der Onkel zur Verwunderung der Tante.

»Au ja«, rief das Mädchen erfreut aus.

Er lächelte. Die beiden hatten selbst keine Kinder und so war die Kleine ein Ersatz für das, was sich die Tante sehnlichst wünschte und was nie in Erfüllung gehen würde. Denn die Tante war unfruchtbar. Ihn störte das weniger. Er teilte ihr zu Beginn ihrer Beziehung mit, dass er keine Kinder wolle. Umso erstaunter war sie jetzt über das plötzliche Interesse an seiner Nichte. Und während seine Frau noch ein wenig Hausarbeit erledigte, ging er mit dem Kind in das Gästezimmer. Doch war es der Kumpel, der wenig später noch einmal bei dem Mädchen vorbeischaute.

Alles fing ganz harmlos an. Die Mutter des Mädchens hatte zwei ihrer Lieblingsbücher mitgegeben. Er setzte sich an den Rand des Bettes und begann zu lesen. Als er zu Ende gelesen hatte, wollte er aufstehen, doch das Mädchen hielt ihn zurück.

»Bleibst du noch ein bisschen, nur bis ich eingeschlafen bin?« Er überlegte kurz.

»Bitte«, bat sie.

Ein Prickeln ging durch seinen Körper. Sie war so hübsch. Er durfte das nicht. *Sie ist doch ein Kind*, dachte er. Doch sie blickte ihn traurig an.

»Ok, ich bleibe noch kurz«, versprach er und setzte sich neben die Kleine.

Das Mädchen setzte sich und umarmte ihn. »Danke, ich habe dich ganz doll lieb.«

»Ich habe dich auch lieb«, sagte er.

Das Mädchen lächelte, als er sich zu ihr legte. Das Kind legte sich in seinen Arm und kuschelte sich an ihn. Wieder durchströmte ihn dieses warme Gefühl. Und er merkte noch etwas, und das war der Moment, in dem er sich vor sich selbst ekelte. Er ekelte sich davor, dass sein Penis steif wurde, doch auf eine perverse Art und Weise erregte ihn das noch mehr. Er schob seine Hand unter ihr Nachthemd und küsste sie. Erschrocken blickte das Mädchen ihn an.

»Was tust du da?«

Er hatte nicht gemerkt, wie sie das Zimmer betreten hatte. Er wich zurück.

»Er hat seine Hand an meine Mumu gemacht«, sagte das Mädchen zu seiner Tante.

»Ich hab es gesehen. Das darfst du aber keinem erzählen«, erwiderte sie, dann blickte sie ihn an und deutete auf die Tür.

»Raus hier. Raus aus dieser Wohnung. Und dass du dich ja nicht mehr in ihre Nähe begibst, DU MONSTER!«

Als er aufstand, machte er alles noch schlimmer. »Es ist nicht so, wie es aussieht«, versuchte er es und dann bemerkte er ihren Blick, der auf seinem Schritt lag.

Kapitel 2

Pressekonferenz der Polizei

Die Nacht brach über die Stadt hinein, eine Stadt, die niemals schlief. Auch heute trieben sich wieder Sexualstraftäter, Mörder, Erpresser und andere Kriminelle herum, die nur auf ihre Chance warteten, zuzuschlagen. Ein besonders kritischer Fall ging derzeit durch die Medien, denn seit einigen Wochen verschwanden junge attraktive Frauen. Bis jetzt wurde keine von ihnen aufgefunden, aber es gab keinerlei Zweifel, dass es sich um ein und denselben Täter handelte.

Alle Frauen wiesen eine entscheidende Gemeinsamkeit auf: Ihr fast identisches Aussehen!

Nina Sommer, Journalistin des Leipziger Tageskuriers, schrieb über den Fall, doch dass es bis heute keine heiße Spur gab, konnte die junge Frau einfach nicht verstehen.

Sie machte sich nach ihrer Arbeit auf den Weg in Richtung Polizeirevier, jedoch nicht, um nach neuen Informationen bezüglich des Falles zu fragen, denn da würde sie sowieso nur enttäuscht werden. Sie wollte Teil des Teams sein, des Falles und des Artikels, den sie in einem zweiten Teil vollenden wollte. Sie meinte genau zu wissen, dass kaum ein anderer Journalist, der in dem brisanten Fall berichtete, so intensiv beteiligt war wie sie.

Das für den Fall zuständige Polizeirevier liegt etwa dreißig Minuten von Nina Sommers Wohnung entfernt, mit dem Fahrrad kaum der Rede wert. Vorbei an der Grundschule, in der wohl die meisten Kinder aus ihrem Block unterrichtet wurden. Vorbei an dem Park, in denen ihr schon zur frühen Stunde die verrückten Sportler mit ihren MP3-Playern entgegenkamen. Sie liebte diese Stadt, die nicht nur irgendeine von vielen war, nein, diese Stadt, Leipzig, war ihr Zuhause, und das auf unbestimmte Zeit.

Als sie das Fahrrad an eines der Fahrradständer vor dem Gebäude anschloss, wehte ein eisiger Wind durch ihr schulterlanges haselnussbraunes Haar.

»Polizeidirektion Abteilung Kriminalpolizei« stand auf einem Schild am Gebäude. Hier war sie richtig. Ein Beamter kam ihr entgegen, der gerade auf dem Weg zum Parkplatz war. »Können Sie mir helfen?«, fragte sie den Polizisten, welcher schon seine Autoschlüssel in der Hand hielt.

»Ich möchte zu Herrn Schröder, ist er noch im Haus?«

»Ja«, sagte er, »die dritte Tür rechts.« Dann war er bereits weitergegangen. Mit einer knallroten Handtasche bewaffnet, machte sich die Frau auf den Weg zum Büro von Niklas Schröder. Sie wollte gerade den Türknopf betätigen, als ein großer schlanker Mann in den Vierzigern hinter ihr stand.

»Wollen Sie zu mir?«

Sie drehte sich um. »Wenn Sie Herr Schröder sind, dann ja. Ich bin Nina Sommer vom Leipziger Tageskurier.«

»Ich weiß, wer Sie sind«, sagte Schröder in einem scharfen Tonfall. »Sie sind mit unseren Ermittlungen nicht zufrieden, das konnte ich aus Ihrem letzten Artikel rauslesen«.

Sie schluckte.

»Hoffen Sie auf weitere Informationen zu diesem Fall, wenn Sie hier aufschlagen?«

Die junge Journalistin zögerte kurz, fand dann aber doch recht schnell die Fassung wieder. »Nein«, meinte sie, »ich bin hier, um Ihnen bei diesem Fall zu helfen.«

Schröder schmunzelte. »Sie? Ich möchte auf keinen Fall unhöflich wirken, aber jeder sollte das machen, was er am besten kann und unsere Aufgabe ist es, den Fall zu lösen. Ihre, ein paar lächerliche Worte   für ein Käseblatt zusammenzustellen.«

Sie blickte ihn an wie ein geprügelter Hund. Er deutete zur Tür und begleitete die Journalistin nach draußen. Doch was glaubte sie? Hatte sie ernsthaft gedacht, dass sie bei der Kripo hereinspaziert und mit offenen Armen empfangen würde? Zumal sie kurz vorher erst wieder negativ über die Arbeit der Ermittler in ihrer Kolumne berichtet hatte.

Nina arbeitete noch gar nicht so lange für das Tagesblatt, dennoch: hinter die Kulissen zu schauen und das letzte Quäntchen Wahrheit aus den Leuten zu holen, das war das, weshalb sie sich für diesen Beruf entschieden hatte. Ihr damaliger Mentor an der SFU Berlin meinte einmal, dass sie den nötigen Ehrgeiz hätte es bis nach ganz oben zu schaffen, auch bei der Berliner Tageszeitung. Diese Worte begleiteten sie seit diesem Tag und gaben ihr bei allem, was sie tat, das nötige Selbstvertrauen. Doch durch ihre Art hatte sie es weder in dem Ort in dem sie aufgewachsen war, noch in Berlin, geschweige denn hier in Leipzig leicht gehabt Anschluss zu finden. Es waren nur leichte Freundschaften, die sie schließen konnte, welche jedoch schnell kaputtgingen.

Die sexuellen Missbräuche haben sehr deutlich gemacht, dass im Namen der Liebe etwas ganz anderes geschehen kann als Liebe; dass

Sexualität sich mit Machtinteressen verbinden kann, mit Gewalt, Schamlosigkeit und Selbstbespiegelung.

Klaus Mertes

Kapitel 3

Heute

Er wollte nur noch sterben und das so schnell wie möglich. Das Blut rann aus der Wunde wie ein kleiner Bachlauf. Er quälte sich vor Schmerz, doch tat er gar nichts dergleichen die Blutung zu stoppen. Er hatte damit abgeschlossen.

Mit sich.

Für immer.

Es war nur noch eine Frage der Zeit, bis die Beamten eintreffen würden, doch ob er dann noch lebte, war fragwürdig. Zu groß klaffte die Wunde in seinem Intimbereich. Möglicherweise verlor er sogar noch den Verstand, bevor es zu Ende sein würde.

Zumindest das, was davon übriggeblieben war.

Später würde man in den Medien seine Taten als menschenverachtend betiteln. Dabei wollte er nur eins: Zuneigung.

Das junge Mädchen, welches über Wochen und Monate von ihm sexuell misshandelt wurde, hatte jegliche weibliche Züge verloren. Schmutzig und mit Spuren der Gewalt übersät, mit denen ihr Peiniger sie gezeichnet hatte, kauerte sie in einem kleinen modrig riechenden Raum, welcher an einen alten Keller erinnerte. Zweimal pro Tag wurde das Mädchen von ihm mit Nahrung, bestehend aus zwei Scheiben Brot und einem Glas Wasser versorgt. Doch nachdem er die Lust an ihr verloren hatte, war sie froh über jeden Tropfen Flüssigkeit und jeden Krümel, den er sich erbarmte, ihr zu geben. Aber es gab noch eine viel bittere Wahrheit: sie war nicht die Einzige. Sie war eine von vielen.

Man könnte meinen, dass er junge attraktive Frauen sammelte, wie andere Briefmarken oder Bücher eines bestimmten Autors. Doch dienten diese nur als Mittel zum Zweck. Danach warf er sie weg wie Müll, so als ob sie vollkommen wertlos wären.

Keiner wusste von seinem kranken Spiel, und wenn es nach ihm ginge, sollte sich daran auch nichts ändern.

Nachdem er seine Familie aufgegeben hatte, machte er sich aus dem Staub. Neuer Job, neues Aussehen. Er hatte sich bei einem namhaften Schönheitschirurgen unters Messer gelegt. Zu guter Letzt ein neuer Name. Doch die Gedanken lassen sich nicht so einfach ändern wie das Profil, denn sein Verlangen nach jungen unverbrauchten Frauen wurde von Tag zu Tag größer.

Fotograf, das ist es, was er gelernt hat. Die letzten Jahre hatte er in einer vollkommen anderen Branche gearbeitet, doch jetzt war dieser Beruf für ihn passender denn je. Eingemietet in einem Künstlerhaus im Stadtteil Leutzsch, konnte er nach Belieben und ohne sich rechtfertigen zu müssen seine Triebe ausleben.

Kapitel 4

Damals
Die Flucht

Das Telefon der Leipziger Polizei klingelte. Am anderen Ende der Leitung war die Stimme einer um Fassung ringenden Frau zu hören, deren Schluchzen Böses erahnen ließ. Kommissarin Katja Fuchs versuchte die Frau zu beruhigen. Als jeglicher Versuch scheiterte, beschloss Katja, die Frau in ihrer Wohnung in Leipzig Leutzsch zu besuchen. Das Wenige, was sie in dem Telefonat in Erfahrung bringen konnte war, dass ihre Tochter verschwunden war. Der Anblick eines Streifenwagens wäre in der Gegend sowieso nichts Besonderes.

Am gewünschten Ziel angekommen, stieg die Kommissarin aus dem Wagen und ging auf das Hochhaus zu. Schnell fand sie die richtige Klingel und betätigte sie. Dann brummte auch schon der Türöffner und sie wurde in das Innere des Gebäudes gelassen. Als sie im richtigen Stockwerk angekommen war, wurde sie auch schon von der Anruferin erwartet.

»Guten Tag, Frau Mahler. Sie sind die Mutter der Vermissten?«, begrüßte sie Katja.

»Guten Tag! Ja, sie ist seit gestern nicht mehr nach Hause gekommen. Ich mache mir große Sorgen«.

Das kann ich gut verstehen, dachte sich die Beamtin, ohne es auszusprechen. »Können wir uns vielleicht drinnen weiter unterhalten?«, wollte sie wissen. Man konnte aus ihren Augen lesen, wie groß die Angst um ihre Tochter war. Frau Mahler bat die Ermittlerin einzutreten. Die Wohnung war nicht groß, dafür aber gemütlich eingerichtet. An der Wand hingen Fotos von der Familie, und als sie genauer hinsah konnte sie sogar erkennen, dass alle Bilder chronologisch sortiert waren und man das Leben des verschwundenen Mädchens von Geburt an verfolgen konnte. Und noch etwas fiel der Polizistin auf, sie sah den anderen verschwundenen Frauen zum Verwechseln ähnlich.

»Darf ich Ihnen etwas anbieten?«, fragte sie die Kommissarin, die immer noch gebannt auf die Fotos schaute.

»Nein, danke.«

»Hat Ihre Tochter noch etwas gesagt? Vielleicht wo sie hinwollte?«

Keine Reaktion. Die Ermittlerin versuchte es weiter. »Hat Ihre Tochter Freunde, bei denen sie sein könnte?«

Erneut schüttelte Frau Mahler nur traurig den Kopf. Mit etwas mehr Nachdruck und einer gewissen Dringlichkeit in der Stimme, setzte Katja Fuchs zu einem weiteren Versuch an, mehr von der Mutter der Verschwundenen zu erfahren.

»Arbeitet ihre Tochter? Hat sie vielleicht Kollegen, bei denen sie untergekommen ist?«

»Nein, mein Kind war schon immer eine Einzelgängerin. Sie hat vor einem Jahr die Schule abgeschlossen und hatte bis vor wenigen Tagen versucht, eine Lehrstelle zu bekommen. Doch bisher hatte sie nur Absagen bekommen. Ich bin die einzige Person, die sie noch hat.«

»Was ist mit ihrem Vater oder anderen Verwandten?«, fragte die Kommissarin.

»Ihr Vater ist ein riesiges Arschloch, niemals würde sie zu ihm gehen, eher würde sie sich bei lebendigem Leibe verbrennen lassen«, erwiderte Frau Mahler. Dabei funkelten ihre Augen nur so vor Zorn.

»Darf ich fragen was zwischen Ihrer Tochter und dem Vater vorgefallen ist, dass Sie so voller Hass über ihn sprechen? Hatten die beiden so ein schlechtes Verhältnis zueinander?« Als die Beamtin merkte, dass sie einen Nerv getroffen hatte, versuchte sie es weiter: »Was ist zwischen den beiden vorgefallen?«

»Sie haben sich gehasst!«, schrie die Mutter der Vermissten.

»Können Sie mir verraten, warum?«

»Er hatte sie in der Vergangenheit mehrfach geschlagen und verprügelt«, rückte sie endlich mit der Sprache raus. Katja hatte das Gefühl, dass da noch mehr war, sie hatte es in den Augen der Frau gesehen. Es schien nicht bei Schlägen geblieben zu sein.

»Haben Sie Ihren Mann angezeigt?«, wollte sie wissen.

Sie schüttelte den Kopf. »Exmann- und nein, er hätte uns beide umgebracht.«

»Wie kommen Sie darauf?«

»Ich weiß es einfach.« Man spürte, dass es ihr deutlich unangenehm war darüber zu sprechen, aber darauf konnte Katja Fuchs keine Rücksicht nehmen. »Ich muss Sie das jetzt fragen. Ist es über Schläge hinausgegangen? Hat er Ihre Tochter angefasst?«

»Nein«, antwortete sie.

Die Ermittlerin wusste, dass sie mehr nicht aus ihr herausbekommen würde. Sie notierte sich den Namen des Ex-Mannes sowie seine Adresse. Darauf verabschiedete sich Katja Fuchs bei der Frau und machte sich mit einem Foto, um das sie die Mutter dann noch bat, auf den Weg in Richtung Polizeidirektion.

Schröder wartete schon auf die Kommissarin, doch neue Informationen, die sie in diesem Fall weiterbringen würden, konnte leider auch sie nicht liefern.

»Die Mutter hat also keine Idee, wo sich ihre minderjährige Tochter aufhalten könnte«, wiederholte Schröder das, was er gerade von seiner Kollegin in Erfahrung gebracht hatte und spazierte dabei in seinem Büro, mit einem Lineal in der Hand, auf und ab.

»Überprüfe auch den Vater«, fügte er hinzu. »Und warte hier auf mich, ich bin gleich wieder zurück.« Schröder öffnete die Tür zum Gang und streckte seinen Kopf raus. Dann schob er seinen restlichen Körper hinterher. Zu mancher Tageszeit brauchte man sich gar nicht die Mühe zu machen an den Kaffeeautomaten zu laufen, da dieser mit Kollegen restlos überfüllt war. Doch jetzt schienen sich alle brav an ihren Arbeitsplätzen zu befinden. *So soll es sein*, dachte sich Schröder und spazierte nun zu dem großen schwarzen Kasten, welcher ihm gleich mehrere Sorten an Kaffeevarianten anbot. Doch wer den Kommissar kannte, der wusste, dass dieser seinen Kaffee nur schwarz und mit viel Zucker trank.

Auf dem Rückweg zum Büro kam ihm Hartmann entgegen.

»Und?« Schröder zuckte mit den Schultern, nippte an seinem Kaffee und sagte: »Wir haben nichts.«

»Haben Sie vielleicht eine Vermutung?«

»Allerdings«, antwortete der Hauptkommissar, nachdem er ein weiteres Mal am Becher nippte. »Doch es ist noch nicht spruchreif.«

Hartmann legte seine Hand auf Schröders Schulter, so als ob er ihn festhalten wollte.

»Keine Alleingänge, Herr Hauptkommissar«, warnte er, weil er ihn kannte.

Dieser nickte, obwohl er genau wusste, dass er sich sowieso nicht daran halten würde. Keine zwei Sekunden später löste Hartmann seinen Griff und ging weiter in die entgegengesetzte Richtung.

Als Schröder wieder die Tür zu seinem Büro öffnete, stand Katja Fuchs noch immer dort, wo er sie zurückgelassen hatte.

»Dann können wir ja weitermachen«, meinte diese und setzte sich nun auf einen der Stühle. »Ich wollte dich eben schon was fragen«, begann sie. »Diese eine Journalistin war bei dir, habe ich gehört. Was wollte die?«

Er winkte schmunzelnd ab. »Sie wollte am Fall mitarbeiten«, sagte er mehr beiläufig.

»Bitte was? Wie kommt die denn auf sowas?«

»Keine Ahnung«, meinte er nur und bewegte sich mit Kaffee in der Hand zu einem der Fenster. Gedankenverloren blickte er nach draußen.

»Was hast du ihr gesagt?«, riss sie ihn aus seinen Gedanken.

»Dass sie lieber an ihren Käseblättern schreiben soll.«

Katja verdrehte die Augen. »Sie konnte doch nicht wissen, dass so etwas nicht geht, sei doch nicht immer so hart«, warf sie ihm vor.

»Ich bin nicht hart. Außerdem ist diese Frau in meinen Augen einfach nur karrieregeil, früher waren die Rollenbilder von Mann und Frau klar verteilt.«

»Sag mal, was soll denn das, nur weil eine Frau Karriere machen will, heißt das nicht, dass man so mit ihr umspringen muss.«

So war es nun auch wieder nicht gemeint, dachte er sich, ohne es vor seiner Kollegin auszusprechen. Sie hasste es, wenn er mit dieser frauenfeindlichen Art um die Ecke kam.

Hoffentlich ließ sich in der Hinsicht Lilly nicht zu sehr beeinflussen. Lilly war seine pubertierende Tochter, die er seit der Trennung von seiner ehemaligen Lebensgefährtin allein großzog. Er hatte Katja nie wirklich erzählt, warum es damals zur Trennung gekommen war. Er meinte immer nur, wenn der richtige Zeitpunkt käme, würde sie es erfahren. Schröder versuchte sein Privatleben so gut es nur irgend ging von seinem Job zu trennen, und da waren Gespräche über seine Tochter beziehungsweise Ex in seinen Augen unangebracht.

Presseartikel

LEIPZIGER TAGESKURIER

»Junge Frau verschwunden – Wiederholungstat nicht auszuschließen«

23. Oktober 2015, Nina Sommer

Abermals wurde eine junge Frau (17 Jahre) verschleppt. Franziska M., ein Mädchen, das den anderen verschwundenen Frauen zum Verwechseln ähnlich sieht. Es ist davon auszugehen, dass es sich hierbei um denselben Entführer der anderen Frauen handelt. Die Polizei sucht mit Hochdruck nach dem Täter, jedoch ohne eine heiße Spur. Wie viele Frauen soll er denn noch entführen, bis er endlich gestellt wird? Und was geschieht mit ihnen?

Kapitel 5

Franziska, zwei Wochen nach ihrem Verschwinden.

Das junge Mädchen hatte seit ihrer Flucht aus ihrem bisherigen Leben keinen Kontakt mehr zu Freunden und Familie aufgenommen. Sie wollte nicht von irgendwem überredet werden wieder zurückzukommen oder irgendwelche Ratschläge erhalten. Auch wollte sie sich nicht anhören, dass es kein guter Plan sei. Was für einen Plan hat sie denn? Und dass sie auch an die anderen, an ihre Familie denken sollte. Nein, es ging nicht um die anderen, hier ging es nur um sie. Sie wusste nicht genau, ob sie einfach nur paranoid oder ob ihre Angst begründet war. Ihr war schnell klar, dass die jungen Frauen, die in den letzten Wochen verschwunden waren, eines mit ihr gemeinsam hatten. Sie alle sahen ihr ähnlich. Und sie wusste, dass er auch sie im Visier hatte. Man merkte der jungen Frau die Entschlossenheit an, mit der sie an diese Sache heranging. Doch war das wirklich eine gute Idee? Entschlossenheit für was?

Sie machte sich auf den Weg von einer spärlich eingerichteten Unterkunft zu ihrem neuen Job. Für die nächsten Wochen und Monate würde das hier erst einmal ihr

Zuhause sein, denn mehr war derzeit finanziell sowieso nicht drin. Ihr gesamtes Erspartes hatte sie mit auf ihre Flucht genommen. Sie wollte keine digitalen Spuren hinterlassen, also hatte sie das gesamte Geld in bar in eine alte Sporttasche gepackt und im Safe des heruntergekommenen Motels verstaut. Wenn sie das Zimmer verließ, trug sie eine Perücke, Kontaktlinsen und Kleidung, die sie in ihrem alten Leben nie getragen hätte. Es war achtzehn Uhr. Wie jeden Abend um diese Zeit, machte sie sich freizügig gekleidet auf ins »Apollo«, eine Erlebniskneipe, die von dem Anführer einer Motorradgang geleitet wurde, wo sie als Barfrau und Tänzerin agierte, um sich ihren Lebensunterhalt zu verdienen, denn ihr war klar, dass ihr Erspartes nicht lange reichen würde. Seit zwei Wochen arbeitete sie jetzt hier und musste sich schnell damit abfinden, dass sie sich von betrunkenen Gästen befummeln lassen musste. Mit dem roten Paillettenkleid und dem extrem weiten Ausschnitt wirkte sie auf die Besucher wie eine Frau, die für alles zu haben war. Die anderen Tänzerinnen, deren Haut im harschen Neonlicht in Rot, Blau und Violett schimmerten, waren es dagegen gewohnt angefasst und mit vulgären Ausdrücken attackiert zu werden, von denen die meisten der Frauen eh kein Wort verstanden.

Der Inhaber des Lokals war ein polizeilich bekannter, schmieriger Mann, den alle nur Jamie den »Frauenmacher« nannten, dem es sogar egal war, ob die Mädchen, die bei ihm an der Stange tanzten, minderjährig waren oder nicht, solange sie die Kundschaft bei Laune hielten. Nur allzu oft mussten sie bei diesem Typen noch Sonderschichten zu seinem eigenen Vergnügen einlegen, ob sie wollten oder nicht. Die meisten seiner Angestellten konnte er damit erpressen, dass sie illegal in diesem Land waren, aber bei seiner neuen Tänzerin war es schwieriger gewesen. Bei ihr musste er mit Gewalt vorgehen. Auch am gestrigen Abend war es wieder soweit. Noch nach Ende ihrer eigentlichen Schicht öffnete er die Tür, welche mit dem Schild »PRIVAT« versehen war. Sie saß schon auf dem Bett. Ihr Blick sagte mehr als tausend Worte. Es widerstrebte ihr, aber er hatte ihr gesagt, sie solle noch einmal zu ihm kommen und sie wusste mittlerweile genau, was das bedeutete. Er grinste, zog sich schnell die Schuhe, ein Shirt mit einem Totenkopfaufdruck und zuletzt die Jeans von seinem tätowierten und durchtrainierten Körper.

Bis auf Slip und BH hatte sie sich schon für ihn entkleidet. Die ersten Male war er beinahe ausgerastet, weil sie noch angezogen war, doch konnte er sich im letzten Moment noch fangen. Was für ein widerlicher Kerl. Er zog sich seine Shorts runter und legte sich zu ihr. Ihr Blick war gequält. Es dauerte etwa zwanzig Minuten, dann war alles vorbei. Zumindest für ihn. Bereits nach dem ersten Mal wurde sie von Albträumen verfolgt. Hinzu kamen Schlafstörungen, Depressionen und

Angstzustände. Und er? Er packte seinen kleinen Freund einfach wieder zurück in die Hose und tat so, als ob nichts gewesen wäre.

Er widerte sie an. Sie hatte das Gefühl schreien zu müssen, doch kein Laut kam heraus. So erging es ihr jedes Mal. Manchmal war die Angst so groß, dass sie das Gefühl hatte, jemand würde ihre Kehle zuschnüren. Widerstand brauchte sie nicht leisten, denn die Konsequenzen wären alles andere als rosig. Es sollte der letzte Abend für Franziska in dieser Bar sein. Sie wollte nur noch weg von hier und nie mehr an diesen Ort zurückkehren. Nach ihrer Flucht hatte sie immer und immer wieder mit dem Gedanken gespielt, Kontakt mit ihrer Mutter aufzunehmen, allein um sie zu beruhigen und ihr zu versichern, dass sie sich nicht in den Fängen des gesuchten Mannes befand. Doch hatte sie nicht den Mut das Gespräch mit ihr zu suchen. Ihr Entschluss stand fest, sie wollte kündigen. Vielleicht würde sie sich auf ein Inserat bewerben, welches sie im Anzeigenteil einer Leipziger Zeitung gefunden hatte.

Als sie, wie jeden Abend, die Gäste bediente, wurde sie das Gefühl nicht los, dass er hier war. Ein Mann, der sie wenige Tage zuvor zu sich ins Auto locken und mitnehmen wollte. Er war ein alter, komischer Typ, der permanent nach Alkohol stank und ihr absolut nicht geheuer war. Die Art und Weise, wie er mit ihr gesprochen und zu überreden versucht hatte mit ihm zu fahren, hatte sie so geängstigt, dass in ihr die paranoide Furcht gewachsen war, ihn unter der Kundschaft zu entdecken. Denn er hatte durchaus wie das typische Klientel gewirkt, das täglich durch diese Türen ein und ausging. Doch ihre Gedanken kreisten noch um etwas ganz anderes.

Wie sollte sie ihrem Chef erklären, dass sie nicht länger hier arbeiten würde? Er ließ nicht gerne Mädchen gehen. Zum einem, weil seine Kundschaft, vor allem aber seine Stammgäste, nur wegen bestimmten Damen kamen. Und seit sie wussten, dass eine junge attraktive und deutsche junge Frau hier arbeitete, kamen noch mehr Gäste, die auch gern mal das Doppelte für sie zahlten. Vor allem die ältere Generation, die nicht viel von Ausländerinnen hielt, besuchte seit kurzem nur wegen ihr das Etablissement.

Es würde ihm ganz und gar nicht gefallen. Schon seine anderen Weiber ließ er nur ungern gehen. Doch bei denen hatte es einen anderen Grund.

Die meisten seiner Frauen nahmen Drogen, die er ihnen besorgte und denen prügelte er einfach die Vernunft wieder ein. Und die, die dennoch gingen, wurden zum Abschied bis zur Bewusstlosigkeit zusammengeschlagen und schwerverletzt hinter irgendwelchen Müllcontainern abgelegt. Auch aus diesem Grund war er für die Polizei kein Unbekannter. Doch auch wenn die Beamten öfter in seinem Laden auftauchten, als so mancher

Stammgast, konnte man ihm nie etwas anhängen. Denn alle Anzeigen gegen ihn wurden zurückgezogen. Ob aus Angst vor ihm und seinen Leuten oder aus anderen Gründen, konnte keiner sagen. Doch wie würde er auf ihre Kündigung reagieren?

***

3 Tage später ...

Franziska beschloss, einen Zettel mit einer Nachricht zu hinterlegen, um den Zorn des Barinhabers, der auch Puffbesitzers war, nicht am eigenen Leib erfahren zu müssen. Wenn er nicht so ein menschliches Arschloch wäre, würde sie es ihm auch persönlich mitteilen. Doch alles, was sie von den anderen Mädchen gehört hatte, war alles andere als positiv. Ihr reichten schon die eigenen Erfahrungen mit ihm. Außer der Bar, dem »Apollo«, gehörten ihm noch drei weitere Bordelle, welche wohl in ganz Leipzig verteilt sein mussten. »Das Rubin«, »Pärchen 18« und seit kurzem auch das »Täubchen 38«.
Auf den ersten Blick wirkte das Lokal wie eine einfache Dartkneipe. Nur Insider wussten, was im hinteren Bereich abging, nämlich Table-Dance und Prostitution.

Auf den Weg ins Motel kam ihr Jamie entgegen. Aber entweder hatte er sie nicht gesehen oder es war ihm egal. *Wenn der wüsste, was ihn in seinem »Büro« erwartete*, dachte sich das Mädchen, doch jetzt war es ihr egal. Sie machte sich um die Konsequenzen nun keine Gedanken mehr.

Sie war nicht die erste und nicht die letzte Frau gewesen, die er behandelte wie ein Stück Dreck, und warum sollte sie auch ein schlechtes Gewissen ihm gegenüber haben, er hatte definitiv keines. Außerdem hatte sie jetzt sowieso Feierabend. In dem kleinen, billigen Motelzimmer angekommen, fiel sie wie ein Stein ins Bett.

Durch das gekippte Fenster ertönte das Geräusch fahrender Autos. Leipzig war wahrhaftig nicht die schönste Stadt, doch bot sie einige Chancen für Studenten, Freischaffende, oder für Menschen, die nach einem Neuanfang suchten.

Schon am nächsten Tag machte sie sich auf den Weg in Richtung Metro, um sich dort vorzustellen. Doch schon als sie das Büro der LVG betrat, erstarrte sie, denn der Mann, den sie schon durch die Scheibe der Tür an seinem Schreibtisch sitzen sah, hatte eine beängstigende Ähnlichkeit mit dem Typen aus dem Wagen, der sie bedrängt hatte.

Sie machte auf den Absatz kehrt und verließ die LVG ohne ein einziges Wort zu verlieren. Der Mann hatte sie eh nicht bemerkt, viel zu vertieft schien er in irgendwelche Unterlagen gewesen zu sein. Wieder hatte sie das Gefühl aufsteigender Panik. Sie musste einfach weg hier. Er schien überall zu sein. Von Tag zu Tag wurde es schlimmer, jede männliche Person verwandelte sich vor

ihren Augen in diesen schmierigen Typen, der eine gewisse Kälte ausstrahlte. Das was sie aber am meisten
fürchtete war die Ähnlichkeit, die er mit jemand ganz
anderem hatte, einem, den sie seit einigen Jahren nicht
mehr gesehen hatte.

Kapitel 6

Thomas und Nina

Noch Tage, nachdem man sie auf dem Revier abserviert hatte, überlegte sie, wie sie an Informationen zu dem Fall kommen könnte.

Plötzlich fiel ihr wieder etwas ein, was sie schon wieder vergessen hatte. Auf der Pressekonferenz vor wenigen Tagen hatte ihr ein Mann von der Polizei seine Handynummer gegeben. Sie konnte sich nicht mehr an seinen Namen erinnern. Tim? Martin? Marcel? Dann fiel es ihr wieder ein. Thomas. An den Nachnamen konnte sie sich nicht mehr erinnern, aber das spielte für sie keine Rolle. Denn sie hatte einen Plan und sie hatte vor ihn in die Tat umzusetzen.

»Ja«, ertönte die männliche Stimme am anderen Ende.

»Ähh … Ja hallo …, hier spricht Nina, Nina Sommer. Sie erinnern sich vielleicht …«

»Natürlich erinnere ich mich an Sie«, sagte er.

»Ich wollte gerne auf Ihr Angebot mit dem Essen eingehen«, erklärte sie.

»Ja … okay. Da freue ich mich. Morgen, achtzehn Uhr im Telegraph?«, stammelte er mehr.

»Ich werde pünktlich sein«, sagte sie und lächelte in sich hinein. Sie hatte ihn genau da, wo sie ihn haben wollte.

Als sie das Restaurant betrat, sah sie ihn sofort. Er saß bereits vor einem Glas Wein in einer Nische in der hintersten Ecke.

»Wie ich sehe, sind Sie pünktlich. Warten Sie schon lange?«, wollte Nina wissen.

»Nein«, sagte er lächelnd.

Sie zog ihre Jacke aus und hing sie über ihren Stuhl. Plötzlich stand ein Kellner hinter ihr. »Darf ich Ihnen was zu trinken bringen?« Erschrocken fuhr sie zusammen.

Sie bestellte sich einen Riesling. Die ersten Minuten war die Unterhaltung nur einseitig. Sie dominierte den Hauptteil des Gespräches. Er schwieg und hörte ihr aufmerksam zu. Sie erzählte ihm von ihrer Arbeit bei der Zeitung. Es dauerte nicht lange, da hatten sie sich beide für ein Gericht entschieden. Und während sie ein Carpaccio vom Rind aß, hatte er sich Semmelknödel mit Rinderragout bestellt. In der Zwischenzeit bestellte sich der Kommissar erneut einen Wein. »Dürfen Sie überhaupt trinken?« Verwundert blickte er sie an. »Wie meinen Sie das?«

Naja, wenn Sie zu einem Notfall müssen?« Er lachte. »Ach so. Ich habe Urlaub. Meistens habe ich Glück und werde nicht angerufen. Aber selbst wenn – man lebt schließlich nur einmal. Und ich sehe es nicht ein, auf einen oder mehrere gute Gläser Wein zu verzichten.«

»Das ist gut, Sie gefallen mir«, sagte sie lächelnd.

»Aber-«, begann er und schaute sie streng an. »Das bleibt trotzdem unter uns«, bat er. Sie nickte. »Sagen Sie mal, Sie arbeiten doch an dem Fall mit? Der mit den verschwundenen Mädchen?« Er nickte.

»Was …?«, wollte sie gerade fragen, als er die Hand hob und den Kopf schüttelte. Dabei fielen ihm Strähnen seiner roten Haare vor die dunkelbraunen Augen. »Ich darf Ihnen nicht von dem Fall berichten. Allein schon deswegen nicht, weil Sie bei der Zeitung arbeiten. Ich riskiere meinen Job, wenn ich das tue.«

Nina zog einen Schmollmund, riss sich dann aber schnell wieder zusammen. »Versuchen kann man es ja mal. Ich möchte doch nicht, dass Sie wegen mir Ärger bekommen.« Sie zwinkerte ihm lächelnd zu und fragte: »Darf ich Ihnen noch einen Wein bestellen, der geht auf mich oder hätten Sie lieber etwas anderes?«

»Das müssen Sie nicht«.

Er winkte ab. »Wenn dann lad ich Sie ein«, erklärte er.

Sie hatte schnell erkannt, dass der Mann sonst wenig bis gar keinen Alkohol zu sich nahm. Denn schon nach dem ersten Glas machte er einen beschwipsten Eindruck. Doch auch als sie wenig später erneut einen Versuch wagte ihn auf den brisanten Fall anzusprechen, bloggte er ab. Es half nichts, ihr war klar, dass sie noch etwas anderes versuchen musste.

Wenig später begaben sich die beiden zu ihr nach Hause. Er hatte darauf bestanden sie zu begleiten und da beide viel zu betrunken waren, um sich hinter das Steuer zu setzten, liefen sie. Es dauerte nicht lange, als sie bereits vor dem Wohnblock der Journalistin standen.

»Ich möchte ja nicht zu viel von Ihnen verlangen, aber begleiten Sie mich noch bis vor meine Wohnung? Das Licht in der dritten Etage funktioniert nicht und ich habe Angst, dass auf dem Weg nach oben mir jemand auflauern könnte.«

»Das mache ich doch gerne«, versicherte er ihr. Sie war froh, dass ihr so schnell eingefallen war, dass vor wenigen Tage jemand die Lampen in dieser Etage zerstört hatte. Und sie hoffte, dass ihr unzuverlässiger Hausmeister, den man noch nicht mal in Notfällen erreichen konnte, diesmal nicht so schnell auf die Idee kam seiner Arbeit nachzukommen. Als sie den 5.Stock, in dem sich ihre Wohnung befand, erreichten, wollte sich der junge Mann grade von ihr verabschieden, als sie ihn aufhielt. Sie hielt ihn am Arm fest.

»Wollen Sie wirklich nicht noch auf einen Kaffee bleiben?«, versuchte sie es und als er gerade antworten wollte, kam sie ihm zuvor und küsste ihn. Dann ging alles ganz schnell. Knutschend versuchte sie den Schlüssel in das Schloss zu stecken. Nach einigen Versuchen klappte es und die beiden stolperten durch die Wohnung von Nina und rissen sich buchstäblich die Klamotten vom Leib. Da es den beiden bis zum Schlafzimmer zu weit war, trieben sie es kurzerhand mitten in dem Wohnungsflur der 40qm großen Zweiraumwohnung.

Danach saßen sie, erschöpft an die Wand gelehnt, und sie startete einen letzten Versuch, Informationen aus ihm heraus zu bekommen und war erstaunt, als er sagte: »Na gut, aber nur unter der Voraussetzung, dass du nicht verrätst woher deine Fakten stammen«, bat er und fügte hinzu: »Und ich würde dich gerne wiedersehen.«

Sie nickte. »Gerne doch.«

Dann erzählte er ihr von den Frauen, die alle ziemliche Ähnlichkeit miteinander hatten und, dass sie bisher keines ihrer Opfer aufgefunden haben. Außerdem verriet er ihr, dass sie bereits einen Verdächtigen hatten, dem sie aber nichts nachweisen konnten.

Wer andern gar zu wenig traut, hat Angst an allen Ecken; wer gar zu viel auf andere baut, erwacht mit Schrecken.

Wilhelm Busch

Kapitel 7

Harald

Auf dem Revier bekam Niklas Schröder einen Anruf, es war Harald, ein ehemaliger Klassenkamerad des Hauptkommissars. Schröder hatte vor einiger Zeit die Verbindung abgebrochen, weil es ihm nicht gefiel, in welchen Kreisen sein ehemals bester Freund verkehrte.

»Ich muss mit dir reden«, meinte er am Telefon, »vielleicht bringt es euch bei eurem Fall weiter.«

Es sollte keine zehn Minuten dauern, da stand auch schon ein großer schwerer Mann in Schröders Alter im Eingangsbereich des Reviers. Es musste mindestens fünfundzwanzig Jahre her sein, als beide sich das letzte Mal zu Gesicht bekamen. Er trinkt immer noch, das war das Erste, was Niklas Schröder an seiner Bekanntschaft aufgefallen war, als er diesem die Hand reichte und ihm in die smaragdgrünen Augen sah.

Sie gingen in ein Büro, welches gänzlich unbenutzt wirkte. Der Hauptkommissar schloss die Tür hinter sich und bot Harald an, sich zu setzten.

»Was hast du denn für Informationen?«

»Niklas, du weiß um meine Vergangenheit.«

Er nickte.

»In den Kreisen in denen ich verkehrte, ging es um Glückspiel, Drogen, aber auch

Menschenhandel und Prostitution. Ich habe einen Verdacht wer dieses Mädchen verschleppt hat.«

»Jetzt bin ich aber gespannt«, meinte Schröder sichtlich interessiert.

»Kennst du die Black Cat?«

»Ja, das ist ein Motoradclub hier in Leipzig«, erwiderte Niklas.

»Auf jeden Fall steht der Inhaber, der zum Club gehörigen Bar auf junge Mädchen, die er als Barfrauen engagiert und darüber hinaus, auch gegen dessen Willen, seinen Kunden als

Sexspielzeug anbietet. Es ist nichts, was an die Öffentlichkeit gelangt ist, aber man hört so einiges, wenn man in den Kreisen verkehrt.«

Die Augen des Hauptkommissars funkeln, sollte tatsächlich der Chef der Rockergruppe ihr Mann sein? Er würde dem Mann heute noch einen Besuch abstatten.

Das Gespräch dauerte keine zwanzig Minuten, doch Schröder war sich sicher, dass dies der vielleicht entscheidende Hinweis sein könnte.

»Wir werden uns auf jeden Fall mit dieser Option befassen«, sagte er zu Harald, stand auf und verabschiedete sich von seiner Bekanntschaft.

»Vielleicht sehen wir uns ja in den nächsten fünfundzwanzig Jahren wieder«, flachste er.

Der Kommissar nickte nur, wendete sich dann aber wieder seinem Schreibtisch zu. Der Mann hätte so viel erreichen können, wenn die Trinkerei nicht gewesen wäre. *Manche kommen halt einfach nicht aus dem Hamsterrad des Lebens heraus*, dachte Schröder.

Er war sogar mal verheiratet gewesen, hatte einen Sohn. Doch die Sucht hat ihn zu einem unberechenbaren Menschen gemacht. Es war als hätte er zwei Gesichter, man erkannte ihn kaum wieder, wenn er sich mal wieder die Kante gegeben hatte. Manche wurden dann nur redselig, manche lachten viel, doch er war einer von denen, die zur Aggressivität neigten.

Der Hauptkommissar hatte lange damit zu kämpfen. Hatte nur hilflos zusehen können, wie sein Kumpel sich immer tiefer in der Spirale der Sucht verfing, bis der Kommissar sich komplett von diesem und seinem verkorksten Leben gelöst hatte. Jedoch war das damals noch in Berlin gewesen. Er hatte Harald noch nicht einmal gefragt, seit wann er in Leipzig war und vor allem warum. War es wegen ihm gewesen oder steckte noch etwas anderes dahinter? Etwas von dem er lieber nichts wissen wollte? Vielleicht hätte Harald mehr darüber erzählt, doch der Fall steht nun erstmal im Vordergrund und keine privaten

Mauscheleien Zweier, die sich ein Vierteljahrhundert nicht zu Gesicht bekamen. Auf seiner Stirn bildet sich ein dünner Schweißfilm, es schien, als wäre es erst einmal Zeit für eine Kaffeepause. Die Sache mit Harald würde er später aufarbeiten, das hatte er sich vorgenommen. Vielleicht lädt er ihn zum Essen bei sich zu Hause ein, nachdem dieser Fall gelöst war.

Kapitel 8

Es war schon spät, die Kirchenuhr zeigte elf. Viele Menschen gingen um diese Zeit im Freudenhaus ein und aus. Man kannte und respektierte sich. Doch eine Person, die in den letzten Tagen immer wieder auftauchte, gehörte nicht zum Klientel. Ein großgewachsener Mann, schätzungsweise sechzig Jahre, beobachtete das Geschehen aus sicherer Entfernung. Er wollte nicht auffallen, er wollte erst einmal nur beobachten. Er nahm einen Glimmstängel aus dem Mund, schmiss ihn achtlos auf den Boden und zerdrückte ihn mit der Schuhsohle. Mittlerweile wusste er ganz genau, wer hier welche Position innehatte. Jetzt musste er nur noch den richtigen Zeitpunkt abwarten. Er wendete sich ab und stieg in einen kleinen schwarzen KIA Picanto und fuhr davon. Seine Arbeit hier war getan, nun galt es weiter aufzuräumen.

Der Himmel erleuchtete in einem zarten Orange und die Sonne stieg langsam hinter den Bäumen empor. Gerade hatte die sechzehnjährige Marie Kozhovà ihre Schicht im Bordell »Täubchen 18« durch den Hinterausgang verlassen, als das Licht der Sonne auf einen Fuß fiel, der versteckt hinter einem Müllcontainer hinausragte. Näher prüfend, fand Marie den Fuß in einer riesigen Blutlache vor. Von der Tatwaffe war keine Spur gewesen, aber die Art der Wunde und die Menge an Blut hatten sofort erahnen lassen, wodurch er ums Leben gekommen war. Die junge Frau wollte nur eines: weg. Sie war sich sicher, dass früher oder später jemand vorbeikommen und ihn finden würde. Als sie an einer Telefonzelle vorbeikam, beschloss sie die Polizei anzurufen. Ausnahmsweise war die junge Frau froh, dass Jamie kein Buch über die bei ihm angestellten

Prostituierten führte. Zumindest nicht über die Minderjährigen. Sie gab den Beamten die Adresse des Bordells durch.

»Er wurde erstochen«, sagte Schröder trocken.

»Genau«, bestätigte ihm die Frau von der Spurensicherung, nachdem sie sich, die für den Tod verantwortliche Wunde, angesehen hatte. »Ich habe aber eine schlechte Nachricht«, begann sie, doch der Hauptkommissar ahnte schon, was sie ihm mitteilen wollte. »Die Tatwaffe ist nicht mehr da?«

Die Frau nickte.

»Na toll, haben sie auch überall gesucht?«, fragte er die junge Frau genervt.

Stefanie Kunze war siebenunddreißig Jahre alt und arbeitete nun schon mehr als zehn Jahre für die Dienststelle in Leipzig. Sie galt als eine der besten auf ihrem Gebiet, war es aber gewohnt von Männern wie Niklas kritisiert zu werden. Katja, die gerade zu den beiden trat, hatte Schröders Worte mit angehört und konnte sich einen bissigen Kommentar nicht verkneifen.

»Hast du schon wieder zu wenig Kaffee intus, oder warum vertraust du nicht darauf, dass Frau Kunze ihre Arbeit vernünftig macht?«

Er reagierte gar nicht auf den Angriff seiner Kollegin, dafür aber die Kriminaltechnikerin selbst. »Danke Frau Fuchs, ich kann mich ganz gut allein verteidigen. Wenn Herr Schröder ein Problem mit meiner Arbeit hat, können wir ja gerne tauschen. Er untersucht Leichen und ich setzte mich den ganzen Tag in sein Büro und sage jedem, dass er inkompetent ist.«

Was ihm nur ein müdes Grunzen entlockte. Er hatte es satt mit den Weibern zu diskutieren, die sich für seinen Geschmack viel zu viel herausnahmen.

Er wandte sich ab, denn er spürte wieder, dass sein Koffeinhaushalt im Eimer war. Das musste er schleunigst ändern. Nachdem er sich einen Kaffee in einer Bäckerei um die Ecke geholt hatte, machte er sich daran, die Angestellten im Bordell zu befragen. Doch niemand hatte etwas gesehen, geschweige denn gehört. Es konnte ihm auch erst keiner verraten, wer die Polizei verständigt hatte, bis eine der Frauen meinte, dass nur eine Frau Schichtende hatte, als der Anruf bei den Beamten einging. Eine gewisse Marie. Er notierte sich den Namen und die Adresse des Mädchens, und beim Rausgehen stieß er mit Katja zusammen. »Und?«, fragte sie, als sie seinen enttäuschten Blick sah.

»Wir müssen mit einer gewissen Marie Kozhovà reden. Mich ärgert etwas anderes.«

»Dass einer unserer Verdächtigen rausfällt?« Er nickte.

In der Nähe des Bordells parkte ein schwarzer Kleinwagen nah genug, dass der Mann, der darin saß, alles genau im Blick hatte, aber immer noch weit genug weg, um nicht beachtet zu werden.

Auf dem Weg nach Hause zückte er ein veraltetes Mobiltelefon aus der Brusttasche und wählte eine Nummer. Die Stimme eines Mannes meldete sich. »Ich habe den Zuhälter getötet, du hast freie Bahn.« Gleich nachdem er diese Worte ausgesprochen hatte, beendete er auch das Gespräch. Meistens dauerte eine Unterhaltung zwischen den beiden Männern nicht länger als eine Minute, doch war dies ausreichend. Seitdem er von den Machenschaften des Triebtäters erfahren hatte, sollte er einer seiner größten Fans werden. Beide haben sich bisher nur einmal getroffen, seither hielten sie nur telefonischen Kontakt zueinander. Auf dem Weg nach Hause begegnete er einem afroamerikanischen Jungen, er musterte ihn abwertend, ging jedoch weiter. Er stieg weiter die Etagen zu seiner Wohnung empor, welche aussah, als wäre er erst vor kurzem eingezogen. Keine Fotos, kaum Möbel und von Farbe an den Wänden fehlte jede Spur.

Ich brauche sehr viel Liebe – ich will geliebt werden und Liebe schenken.
Liebe ängstigt mich nicht, aber ihr Verlust schon.

Audrey Hepburn

Kapitel 9

Aufgebracht stürmte die Frau durch den Flur des Reviers. Ohne zu klopfen riss sie die Tür zum Büro von Hauptkommissar Niklas Schröder auf.

Von den Behörden fühlte sich die Mutter der 17-jährigen Franziska im Stich gelassen und konnte nicht verstehen, dass man ihre Tochter immer noch nicht gefunden hatte. Zwar hatte sie ihrem Kind in den letzten Jahren kaum die Aufmerksamkeit zukommen lassen, die es gebraucht hätte, dennoch oder vielleicht gerade deswegen waren ihre Sorgen aber umso größer. Sie hatte ein schlechtes Gewissen ihrer Tochter gegenüber und jetzt würde sie sie vielleicht nie wiedersehen. Seit einem halben Jahr waren sie und der Vater des Mädchens nun schon getrennt. In dieser Zeit war der Teenager zum

Spielball der beiden mutiert. Die Ehe der Eltern war schon seit Jahren ein einziger Scheiterhaufen und Franziska selbst war es gewesen, die ihre Mutter Christin zu dieser Entscheidung ermutigt hatte. »Warum haben Sie sie immer noch nicht gefunden?«

Erstaunt drehte sich der Ermittler in seinem Schreibtischstuhl um und blickte seinen unerwarteten Besuch an.

»Guten Morgen, Frau Mahler«, begrüßte er die aufgebrachte Frau. Er wusste, sie war die Mutter des jüngst verschwundenen Opfers. Die Eltern der anderen Opfer hatte er bereits persönlich kennengelernt. Doch trotz der Umstände hatte er kein Verständnis für das Verhalten, das diese Frau an den Tag legte.

»Setzen Sie sich doch bitte. Dann können wir uns in Ruhe unterhalten.«

Sie schüttelte den Kopf.

»Möchten Sie vielleicht etwas trinken, Wasser oder Kaffee?«, erkundigte er sich betont höflich.

»Nein, danke. Ich will wissen, wo zum Teufel mein Kind ist! Und wieso Sie nicht in der Lage sind, sie zu finden!«

Er seufzte und massierte sich mit Daumen und Zeigefinger seine Stirn, hinter der sich gerade Kopfschmerzen zusammenzubrauen schienen. »Frau Mahler, ich versichere Ihnen, wir geben unser Bestes, Ihre Tochter zu finden. Aber wie Sie sicher wissen, ist sie wahrscheinlich eines der Opfer des Mannes, der auch andere junge Frauen verschleppt hat.«

»Inwiefern verschleppt? Sie meinen, meine Tochter ist entführt worden?«, wollte sie wissen. »Frau Mahler, haben Sie nichts von dem Fall in den Medien mitbekommen?«, fragte er.

Sie schüttelte den Kopf.

»Ich lese keine Zeitung«, sagte sie mit zitternder Stimme.

»Aber es kam doch auch im Fernsehen«, versuchte er es erneut.

Die Frau schüttelte erneut den Kopf. Sie war der erste Mensch, der ihm begegnete, der nichts über diesen Fall wusste. Obwohl Meldungen darüber die Medien geradezu überfluteten.

»Ok.« Er seufzte und drehte sich zu seinen Unterlagen um. Er wühlte in der Ermittlungsakte, die er eben wieder durchgegangen war, ohne jedoch auf irgendeinen brauchbaren Hinweis zu stoßen. Schnell hatte er die Bilder der vermissten Mädchen gefunden. Er reihte sie vor sich auf dem Tisch nebeneinander auf und blickte die Mutter an.

»Fällt Ihnen was an den Bildern auf?«, wollte er wissen, und er sah ihr sofort an, wie sich ihre Augen weiteten und sie gegen ein neues Meer an Tränen ankämpfen musste.

»Sie sehen aus wie meine Tochter«, stellte sie erschrocken fest.

»Genau das ist der Punkt. Diese Mädchen sind genauso verschwunden wie Ihre Tochter. Wir vermuten, dass es sich hierbei um denselben Täter handelt.«

Natürlich sahen sich die Mädchen nicht zum Verwechseln ähnlich, aber sie hatten alle dieselbe Haarlänge, ungefähr die gleiche Haarfarbe, Augenfarbe sowie eine ähnliche Gesichtsform. Aber es war unverkennbar, dass ihre Tochter in das Beuteschema des Mannes zu passen schien, dem man vorwarf, all diese jungen Mädchen entführt zu haben.

Kapitel 10

Seit Tagen meldeten sich immer öfter Leute bei der Polizei, die glaubten, Franziska M. gesehen zu haben. Mal in der U-Bahn, im Einkaufszentrum, ein anderes Mal im Zoo. Sollte die Fahndung nach Franziska so zerlaufen? War die Idee mit dem Phantombild diesmal nach hinten losgegangen? Die Flut an flachen Informationen wurde von Tag zu Tag größer und die Ermittler wussten gar nicht, welcher Spur sie zuerst folgen sollten, da die meisten sowieso ins Nichts liefen. Wäre es vielleicht sinnvoller, mit anderen Methoden an den Fall heranzutreten? Denn einen Beweis dafür, dass die »Zeugen« wirklich das verschwundene Mädchen gesehen hatten, gab es nicht.

»Ich möchte nicht wissen…«, meinte Kommissar Niklas Schröder, »wie viele junge Frauen durch Leipzig laufen, die so aussehen wie eines unserer vermissten Mädchen.«

Er hatte sich wieder an die Ermittlungsakte gesetzt, nachdem Frau Mahler das Kommissariat verlassen hatte. Zwischendurch hatte er den Praktikanten gebeten, seine Kaffeemaschine sauber zu machen und sich gleich danach einen neuen Kaffee gemacht. Er nippte an dem heißen Getränk und versuchte, in den Fakten über die Frauen ein Muster zu erkennen, das über die Tatsache hinausging, dass alle aussahen wie jedes zweite pubertäre Mädchen. Er war sich sicher, dass er irgendetwas übersehen hatte, nur was?

Es klopfte und Katja streckte den Kopf ins Büro.

»Niklas?«

Er blickte hoch.

»War das eben die Mutter unseres neuesten

Opfers gewesen?«

»Mmh«, machte er und nickte.

»Was hast du zu ihr gesagt? Sie sah gar nicht gut aus«, meinte sie mit einem skeptischen Blick. »Die Wahrheit«, erklärte er und widmete sich wieder den Unterlagen.

»Und was ist, deiner Meinung nach, die Wahrheit?«, wollte sie wissen.

»Dass sie sich wahrscheinlich in den Fängen eines Mannes befindet, der noch zahlreiche weitere Frauen entführt hat.«

Sie seufzte genervt auf.

»Hast du irgendein Problem damit?«, fragte er.

»Ja, weil ich dich kenne, Niklas, du bist bei so etwas so gefühlvoll wie ein Autounfall.«

»Katja, bitte. Ich weiß was ich tue. Außerdem bringt es nichts, ihr etwas vorzulügen.«

»Das meinte ich damit nicht, und das weißt du«, sagte sie.

»Wenn du meinst. Hast du nicht irgendwas zu tun? Wie sieht es aus mit unserem Mordopfer, was kam da raus?«

»Deswegen wollte ich eigentlich zu dir. Er wurde definitiv erstochen. Ein gezielter Stich ins Herz, der Mann war sofort tot.«

»Und die Tatwaffe?«, fragte Schröder.

»Ein Küchenmesser, der Einstichstelle nach zu urteilen.«

Sie legte ihm die Obduktionsunterlagen auf den Tisch. Er nickte.

»Ich werde jetzt losfahren und diese Marie aufsuchen.«

»Mach das«, sagte er und las sich die neuen Unterlagen durch. Es war schon merkwürdig, dass ausgerechnet ihr Hauptverdächtiger umgebracht wurde. Und das, noch ehe sie ihn befragen konnten.

Katja hatte die Anruferin schneller ausfindig machen können, als sie zu hoffen geglaubt hatte. »Wissen Sie, wer als letztes zu dem Mann Kontakt hatte?«, wollte die Beamtin wissen.

»Eine deutsche junge Frau Namens Franziska. Ich habe mitbekommen, dass Sie nach nur zwei Wochen das Handtuch geworfen hat. Das hatte ihm gar nicht gepasst«, sagte die Tschechin mit starkem Akzent.

»Moment«, bat die Polizistin. »Wie hieß die Frau?«

»Franziska, ihren Nachnamen weiß ich nicht. Ich habe nur ein Telefongespräch mit angehört. Jamie war sehr aufgebracht«, sprach sie weiter.

»Haben Sie sie schon einmal gesehen, oder wissen Sie, mit wem sie besonders viel Kontakt hatte?«

»Ja, sie war noch sehr jung. Ich habe sie nur kurz gesehen, als ich im ‚Apollo‘ ausgeholfen habe, als eines der Mädchen dort krank war.«

***

»Wir haben Post«, sagte die Polizistin, als sie wieder im Büro des Chefermittlers war.

»Was ist das?«, fragte er.

»Keine Ahnung. Ich weiß so viel wie du. Auf dem Umschlag steht kein Name.«

Er nahm den Brief und öffnete ihn.

Hallo. Mein Name ist Franziska Mahler. Ich bin 17 Jahre alt und werde vermisst. Ihr braucht nicht weiter zu suchen. Ich bin abgehauen. Ich werde so oder so nicht mehr heimkommen. Bitte hört auf nach mir zu suchen, mir geht es gut. Ich werde mich melden, sobald ich dafür bereit bin. Sagen Sie das meiner Mutter.
Liebe Grüße
Franziska M.

»Geh bitte zur Mutter und besorg einen Brief oder das Tagebuch des Mädchens.«

Sie nickte.

Die Analyse der späteren Schriftprobe zeigte, dass die Mitteilung wirklich von Franziska Mahler stammen musste. Für die Ermittler gab es nun keinerlei Grund mehr, in dieser Sache weiter zu ermitteln. Kommissarin Katja Fuchs hatte sich schon des Öfteren gegen ihren Vorgesetzten Schröder behaupten können. Und doch hatte sie sich, soweit sie das mit sich vereinbaren konnte, ihm untergeordnet, auch wenn man sie damals, als der Posten zu vergeben worden war, übergangen hatte, was nicht nur sie schockiert hatte. Viele ihrer Kollegen waren der Meinung, dass sie für die Stelle geeigneter gewesen wäre. Würde man zum heutigen Zeitpunkt die Frage nach der Eignung des Postens aufwerfen, würde Schröder wohl eindeutig als Verlierer hervorgehen. Nun ist die Situation so wie sie ist und alle Beteiligten müssen damit zurechtkommen. Für sie war der Fall noch nicht vom Tisch. Denn auch wenn das Mädchen sich derzeit nicht in den Fängen des Mannes befand, der Leipzig unruhige Nächte brachte, schwebte sie doch sehr in Gefahr, dies womöglich bald zu sein, denn die Ähnlichkeit zu den Opfern war dennoch da. Und das konnte selbst Schröder mit seinem sturen Kopf nicht übersehen, aber würden diese Argumente reichen? Der Staatsanwalt würde froh darüber sein, dass es eine Vermisste weniger gab. Und nur weil einer daran zweifelte, würden sie sich weiter auf die vermissten jungen Frauen konzentrieren, die sich wahrscheinlich wirklich in den Fängen eines Perversen befanden. Frau Fuchs würde das weiter im Auge behalten, das nahm sie sich vor, auch wenn sie da die Einzige zu sein schien.

Kapitel 11

Sie konnte nicht mehr. Aus ihrer Jackentasche kramte sie einen Zettel mit einer handgeschriebenen Telefonnummer heraus. Dr. Jonathan Weiß, Psychiatrische Praxis.

Sie zögerte kurz, wählte dann aber doch die Nummer des Mannes, der im Internet als eine

Koryphäe auf seinem Gebiet empfohlen wurde. Nach Jahren hatte sie ihn endlich wiedergefunden. Damals war sie wegen Problemen in der Familie bei ihm gewesen. Durch Zufall hatte sie eine Empfehlung von ihm in einem Online-Forum entdeckt.

Eine Frau nahm ihren Anruf entgegen; die Dame mit dem Namen Frau Hannemann, war die Sprechstundenhilfe des Psychiaters. Sie war eine korpulente Person mit Damenbart und einer unmöglichen Art und Weise. Zum Glück war nicht sie, sondern ihr Chef für die Behandlung der Patienten zuständig, sonst hätten sich garantiert einige von ihnen das Leben genommen, bevor die erste Sitzung überhaupt begonnen hatte. Schon für den nächsten Tag konnte sie ihr einen freien Termin geben, da einer seiner Klienten kurzfristig abgesagt und sie das

Mädchen schnell bei den bereits vorhandenen Patientenakten gefunden hatte.

»Morgen Nachmittag um vierzehn Uhr. Seien Sie pünktlich.«

Die Frau am anderen Ende der Leitung schien so genervt, dass sie sofort nach der Terminvergabe das Gespräch beendete, ohne dass Franziska noch irgendeine Frage hätte stellen können.

Mitten in der Altstadt von Leipzig, etwa hundert Meter von der bekannten Moritzbastei entfernt, befand sich die Praxis des Spezialisten. Am Klingelschild stand Psychiatrische Praxis Dr. Weiß. Hier war sie richtig und der Blick auf ihre Uhr verriet, dass sie sogar noch zehn Minuten vor ihrem Termin angekommen war. Sie betrat den Raum und wurde von der überaus freundlichen Dame begrüßt; ihre Stimme war dabei so angenehm wie ein Zahnarztbohrer.

Franziska setzte sich ins Wartezimmer. Es war gemütlich eingerichtet. An den Wänden hingen Kunstdrucke des Künstlers Monet und der Raum des Wartezimmers war mit nussfarbenem Laminat ausgelegt. Um einen DesignerCouchtisch standen gemütliche polsterbezogene Stühle in U-Form aufgereiht. Gegenüber der Tür stand ein Aquarium mit zahlreichen bunten Fischen und an einer Wand des Raumes hing ein Fernseher, in dem stumm im Wechsel

Nachrichten, Wetterbericht und Praxiswerbung liefen. Im Raum verteilt, standen einige Zimmerpflanzen herum, die die angenehme Atmosphäre, die man versucht hatte in diesem Raum zu erzeugen, verstärkten. Sie griff sich eine der Zeitschriften, die auf dem Tisch lagen. Einige Minuten lang blätterte sie in der Zeitung herum, ohne sich wirklich einen der Artikel darin genauer anzusehen. Ihre Gedanken kreisten um die letzten Wochen, um ihre Familie und um ihn. Ungelesen legte sie das Magazin wieder auf den Tisch.

»Franziska Mahler, bitte Behandlungszimmer 4«, bellte die unhöfliche Sprechstundenhilfe wenig später durch die Lautsprecher. Als das aufgerufene Mädchen nicht erschien, stampfte sie von ihrem Empfang in das Wartezimmer.

Kapitel 12

Sie hatte es sich gerade auf der Couch gemütlich gemacht, als sie ein monotones Summen vernahm. Die Türklingel. Das Mädchen seufzte, stand auf und streckte sich, bevor sie sich Richtung Tür schleppte. Die Türschelle ertönte erneut.

»Ja, ja, ich bin unterwegs«, murmelte sie.

Das war bestimmt der Postbote oder einer dieser nervigen Vertreter. Sie war sich sicher, dass sie keinen Besuch erwartete und ihre Eltern würden erst in wenigen Stunden nach Hause kommen. Sie lugte durch den Spion und konnte niemanden sehen. *Komisch*, dachte sie und dann fiel ihr ein, dass es auch eines dieser kleinen nervigen Kinder des Mietshauses sein konnte, die gerne mal Klingelstreiche spielten. Sie beschloss, den Plagegeistern einen gehörigen Schrecken einzujagen und riss die Tür auf.

Ihr Herz rutschte ihr fast in die Hose, als anstatt der Plagen ein ca. ein Meter siebzig groß gewachsener Mann um die sechzig vor ihr stand. Nachdem sie sich von dem Schreck erholt hatte, musterte sie ihn von oben bis unten. Er machte einen leicht verwahrlosten Eindruck, doch dafür sahen seine Zähne sehr gepflegt aus, stellte sie fest, als er sie mit breitem Grinsen anblickte.

»Was wollen Sie?«, fragte Vera. Sie verschränkte die Arme vor der Brust und ließ ihn nicht aus den Augen. *Vielleicht wollte er sie überfallen und ausrauben*, dachte sie. So ein Blödsinn. Sie schob diesen Gedanken von sich.

»Guten Tag, junge Dame«, begann er. »Ich wollte Ihnen keinen Schreck einjagen, aber ich habe Sie vor ein paar Tagen im Park gesehen und bemerkt, dass Sie scheinbar gerne fotografieren. Ich bin Fotograf und wollte Ihnen gerne einen Kurs anbieten.«

»Woher wollen Sie denn von diesem einen Mal wissen, dass das mein Hobby ist?«, fragte sie und seine Antwort ließ ihr einen kalten Schauer über den Rücken laufen.

»Ich habe Sie schon einige Male dabei beobachtet«, erklärte er.

Sie schaute ihn ungläubig an. »Nein, danke. Hab im Moment keine Zeit. Ansonsten gerne«, sagte sie betont höflich, um ihn nicht vor den Kopf zu stoßen; das machte man einfach nicht. Dann schlüpfte sie schnell zurück in die Wohnung, bevor dieser Mann auch nur ein weiteres Wort verlieren konnte. Woher zum Teufel weiß dieser Mann, wo ich wohne? Vera überlegte, ob sie vielleicht irgendetwas verloren hatte, was einen Hinweis auf ihre Adresse gegeben hatte. Und wieso hat er mich beobachtet? Dann piepste ihr Handy und sie vergaß abrupt den furchteinflößenden alten Mann mit seinem Fotokurs.

Es war ihre Freundin Michelle.

»Huhu Schatz, hast du heute Zeit, mit mir ins Kino zu gehen? Hdgdl«, las sie auf dem Display. »Na klar. Treffen wir uns in einer halben Stunde vor dem Kino?«, schrieb sie und ihre Finger flogen dabei förmlich über den Touchscreen.

Ihre Eltern würden nichts dagegen haben. Sie arbeiteten sowieso den ganzen Tag und bekamen nicht viel aus ihrem Leben mit. Und außerdem wurde sie in ein paar Monaten achtzehn. Sie zählte schon die Tage bis dahin, denn dann würde sie sich eine eigene Wohnung suchen. Sie hatte sich schon einiges für diesen Schritt zusammengespart und konnte es kaum erwarten.

Wenige Minuten später war sie schon auf dem Weg zum vereinbarten Treffpunkt, doch sie wurde das Gefühl nicht los, dass sie jemand beobachtete.

Die Haltestelle lag nicht direkt vor dem Kino, also musste sie noch ein kleines Stück laufen. Die Straßen Leipzigs waren ungewöhnlich leer an diesem Abend. Dann hörte sie einen Wagen hinter sich. Mit quietschenden Reifen blieb dieser neben ihr stehen. Sie hörte, wie eine Autotür aufgerissen wurde und vernahm dann Schritte hinter sich. Sie beschleunigte ihren Gang etwas. Doch plötzlich wurde sie nach hinten gerissen und ein übelriechendes Tuch wurde ihr auf den Mund gepresst, dann wurde alles schwarz.

Angst haben wir alle. Der Unterschied liegt in der Frage wovor.

Frank Thiess

Kapitel 13

Torsten Müller, der Revierförster, der seit drei Monaten seinen Jagdschein hatte, wollte nur ein Wildschwein jagen, da seine Mutter in wenigen Tagen ihren sechzigsten Geburtstag feierte.

Doch als er nachschaute, ob er das Wild, das er treffen wollte, erwischt hatte, war es kein Tier, das leblos vor ihm lag.

Mit dem Handy in der Hand stand der junge Mann wie angewurzelt vor dem Leichnam einer jungen Frau. Unbekleidet lag sie auf dem Bauch. Ihn schockierte nicht nur der Anblick dieses toten Körpers, sondern auch der Zustand dessen. Er brauchte eine Weile, bis seine Synapsen das Gesehene verarbeitet hatten und er dazu fähig war, den Notruf zu wählen.

Seine Finger zitterten, als er die drei Ziffern in sein Display tippte. Es tutete kurz, dann war er mit der Polizeizentrale verbunden, doch als er den Beamten versuchte mitzuteilen, was er gefunden hatte, versagte seine Stimme. Er bekam keinen Ton heraus. Schweiß sammelte sich auf seiner Stirn und sein Herz raste.

»Ich...«, stammelte er hilflos in den Hörer.

»Bleiben Sie da wo Sie sind, wir orten Sie. Ist jemand verletzt?«, fragte eine freundliche Frauenstimme. Er schüttelte den Kopf, ohne daran zu denken, dass die andere Stimme am Telefon ihn ja nicht sehen konnte.

Im Gebüsch hinter dem Mann knackte es. Erschrocken ließ er sein Telefon fallen. Es landete auf einem Stein. Als er es wieder aufhob, stellte er fest, dass das Display schwarz und gerissen war.

Als die Polizisten eintrafen, stand er noch immer vor der Toten. Unfähig sich zu rühren. »Haben Sie den Notruf gewählt?«, fragte der größere der Männer. Er nickte.

Schnell stellte der Polizist fest, dass der Mann so unter Schock stand, dass er von ihm heute keine Informationen mehr bekommen würde.

Der Mann wurde mit dem Rettungswagen, den man vorsorglich geschickt hatte, ins nahe gelegene Krankenhaus gefahren.

»Es gibt keinen Zweifel«, sagte der Hauptkommissar. »Das ist Vera S., eines der vermissten Mädchen«.

Katja nickte. Das konnte selbst sie nicht anzweifeln. Für sie war es nur eine Frage der Zeit gewesen, bis man die erste Frau tot auffand.

»Wie wurde sie ermordet?«, wollte sie wissen. »Sie wurde nicht direkt ermordet«, erklärte die Frau, die die Leiche untersuchte.

»Was denn dann?«, wollte Schröder wissen.

»Sie ist an Verwahrlosung gestorben. Wie genau, kann ich zum derzeitigen Zeitpunkt noch nicht sagen, aber ich vermute, sie ist verdurstet.«

»Und die Buchstaben auf ihrem Rücken?«, wollte Niklas wissen.

»Die wurden post mortem eingeritzt. Wahrscheinlich kurz nachdem er sie hier abgelegt hatte.«

Er rieb sich die Hände. Trotz des kalten Wetters hatte er vergessen, sich Handschuhe anzuziehen und er spürte förmlich, wie seine Finger blau wurden.

»Das dachte ich mir schon. Vielleicht haben wir ja Glück und der Mann hat Spuren hinterlassen. Suchen Sie Fingernägel und alles ab«, wies er an und fing sich einen scharfen Blick von ihr ein.

»Danke, Herr Schröder, dass Sie mich daran erinnern, wie ich meinen Job zu machen habe.«

»Bitte, ich helfe, wo ich kann«, erklärte er, ohne auf den gehässigen Unterton zu achten, den sie ihm schenkte.

Er trat einige Meter weiter und begutachtete das Gebüsch um die Leiche herum.

»Er hat sich kein bisschen geändert«, flüsterte sie Katja zu. Sie nickte mitfühlend und sagte leise: »Das wird er auch nicht.«

Als Schröder wieder näherkam, schwiegen die Frauen.

»Und? Schon brauchbares Material gefunden?«, fragte er.

»Nein, so schnell geht das auch nicht«, erklärte ihm die Frau von der Spurensicherung.

»Das liegt vielleicht daran, dass Sie sich mit meiner Kollegin unterhalten haben. Sie sollen die Leiche untersuchen und keinen Kaffeeplausch führen«, bellte er.

»Jetzt krieg dich mal wieder ein! Wir haben zwei Wörter miteinander gewechselt«, erwiderte Katja und verdrehte dabei ihre Augen.

***

»Nichts«, sagte Schröder und knallte Katja die Akte der Gerichtsmedizin auf den Tisch.

»Kein Sperma, keine DNA unter den Fingernägeln, lediglich diese zwei Buchstaben, die der Dame auf den Rücken geritzt wurden. Was soll das sein? Soll sie jetzt sein Kunstwerk darstellen? K.M … konnten wir den Herren, der den Leichnam gefunden hat, mittleweile befragen?«, wollte er wissen.

»Ja, aber es ist nicht viel, was er uns an Infos geben konnte. Er hat die junge Frau entdeckt, nachdem er versucht hat, ein Wildschwein zu schießen. Als er nach dem Tier sehen wollte, ob er getroffen hatte, hat er sie entdeckt.«

»Hat er ein Alibi für die Zeit, zu der die Leiche abgelegt wurde?«

»Ja, hat er, und ich habe das bereits geprüft, das Alibi ist wasserdicht.«

»Warum war mir das klar«, murmelte er.

Sie schwieg; sie wusste, egal was sie jetzt sagen würde, es wäre so oder so falsch und würde nur einen Ausraster oder Beleidigungen mit sich ziehen. Sie wartete noch kurz, aber als er nichts mehr sagte, murmelte sie nur: »Ich mach dann mal Feierabend.«

Sie schnappte sich ihre Jacke und verließ den Raum. Niklas stand auf, wollte gerade gehen, als sein Telefon zu klingeln begann.

Kapitel 14

Es war nur eine Frage der Zeit gewesen, bis er sie wieder hatte treffen wollen. Sie waren diesmal in ein weniger gehobenes Etablissement gegangen, hatten einige Drinks getrunken und waren dann sturzbetrunken zu ihr gelaufen. Sie war erstaunt darüber, wie viel jemand trinken konnte, der bei der Polizei arbeitete, aber dies würde ihr ja zugutekommen. Der Sex war nicht besonders gut. Man merkte, dass er sich Mühe gab, aber dennoch war es nichts Halbes und nichts Ganzes. Nach einigen Minuten hatte sie nur noch dagelegen, während er sich müßig einen abrackerte. Zwischendurch hatte sie ihm einen Oscar-reifen Orgasmus vorgestöhnt in der Hoffnung, dass er somit auch zum Ende kommen würde. Und so war es dann auch. Er rollte sich erschöpft zur Seite. Zielsicher griff er währenddessen die Fernbedienung vom Nachttisch, um die

Nachrichten einzuschalten. Gerade berichtete ein Reporter über eine im Wald aufgefundene

Frauenleiche.

»Ist das nicht eine von den vermissten Frauen?«, wollte sie wissen, als man das Foto einer jungen Frau einblendete.

»Ja«, sagte er. »Das war Vera S. Sie wurde unbekleidet im Wald aufgefunden, total verwahrlost, Würmer …« Er unterbrach sich, als er ihren entsetzten Blick sah. »Na jedenfalls hat man ihr zwei Buchstaben auf den Rücken geritzt. K.M.«

»Als sie lebte?«, fragte sie.

Er schüttelte den Kopf.

»Nein, da war sie bereits tot.«

»Aber«, er sah sie ernst an, »ich möchte dich bitten, es für dich zu behalten. Vieles von dem, was ich dir gerade erzählt habe, ist bisher nicht an die Presse gegangen und das soll erstmal so bleiben.«

Sie nickte. Doch sie war sich sicher, dass sie das der Öffentlichkeit nicht würde vorenthalten können. Diese Fakten waren zu brisant, als dass man sich so etwas entgehen lassen konnte. »Danke«, sagte er und küsste sie, und sie ließ ihn gewähren. Und auch als er sich an sie kuschelte, wich sie nicht zurück, denn sie brauchte ihn als Quelle. Wen sonst, wenn nicht einen Typen, den man so leicht mit Sex ködern konnte? Ihr war klar, dass man das mit neunundneunzig Prozent der Männer so machen konnte, wenn man nur ihren Geschmack traf. Thomas war zum Glück einfacher zu handhaben.

»Du musst gehen«, sagte sie plötzlich und schaute auf die Uhr.

»Warum?«, fragte er.

»Weil meine Mitbewohnerin gleich heimkommt«, log sie. Sie hatte gar keine Mitbewohnerin.

»Na und?«

»Das ist schwierig mit ihr, sie wurde vor wenigen Wochen von so nem Typen hinterm Club vergewaltigt. Sie ist im Moment auf Kerle nicht gut zu sprechen. Verständlicherweise.« Sie zog ihr Konstrukt aus Lügen immer weiter zu.

»Hat sie den Typen angezeigt?«, fragte er.

Sie schüttelte den Kopf.

»Lass mich doch mit ihr reden. Ich habe ein bisschen Psychologie studiert, bevor ich zur Polizei bin«, schlug er vor.

»Nein, lass sie einfach in Ruhe und geh jetzt bitte. Ich bin froh, dass sie wieder einigermaßen die Alte ist.«

»Na gut«, gab er sich geschlagen, »ich gehe, aber versprich mir, dass du mit ihr redest und sie davon überzeugst, Anzeige zu erstatten. Sie muss sich für nichts schämen.«

Nina nickte nur wieder und drückte ihm seine Kleidung in die Hand. Als Thomas schon an der Tür war, begann sein Telefon zu klingeln. Sein Gesicht wurde ernst.

»Ja, habe verstanden«, sagte er.

»Wir sehen uns.«

Kapitel 15

Als sie das Wartezimmer betrat, befanden sich dort nur zwei Männer. Der Jüngere der beiden blickte von seinem Smartphone auf: »Suchen Sie das Mädchen?«, wollte er das Offensichtliche wissen. »Natürlich«, sagte sie unwirsch. »Die ist vor etwa zehn Minuten gegangen. Sie wirkte sehr nervös.«

»Dann sind Sie der Nächste«, erklärte sie unbeeindruckt und murmelte: »Die braucht hier gar nicht wieder aufkreuzen.«

Unterdessen eilte das junge Mädchen durch die Straßen Leipzigs. Tränen liefen ihr über die Wangen. Sie fühlte sich so unglaublich schwach. »Warum gehe ich nicht einfach wieder zu meiner Mutter?«, fragte sie sich. Doch sie kannte die Antwort. Nein, das konnte und wollte sie nicht riskieren. Sie überlegte, ob sie doch aus Leipzig verschwinden sollte. Aber dazu war sie nicht bereit, denn egal wie viel Schlechtes ihr widerfahren war, es war ihre Heimat.

Um sie herum wurde es dunkler und ihr Magen begann zu knurren. Sie kramte ihre letzten Cent-Stücke aus der Tasche. Knapp einen Euro bekam sie zusammen, dafür würde sie kaum ein Sandwich bekommen. In einen Supermarkt wollte sie nicht gehen, denn dort gab es überall Kameras. Ihre Verkleidung hatte sie im Motel zurücklassen müssen. Sie hatte von einer ihrer ehemaligen Tänzerkolleginnen gehört, dass der Zuhälter umgebracht wurde und man sie in ihren Kreisen verdächtigte. Zum Glück kannten diese Schränke von Männern sie nur in ihrer Maskerade. Sie wusste noch, dass im Stadtkern immer mal ein Stand mit Pommes und Brathähnchen hielt. Sie glaubte zwar nicht, dass ihr Geld reichen würde, aber sie wollte es versuchen.

Dicke Tropfen begannen, auf ihr Gesicht zu prasseln. Wenig später stand sie völlig durchnässt vor dem Wagen und hätte wieder heulen können. Sie fragte sich, wann man die Preise so dermaßen angezogen hatte. Das letzte Mal, dass sie etwas von so einem Stand gekauft hatte, war vor drei oder vielleicht vier Jahren gewesen. Damals, nach der Schule, wenn sie wusste, dass ihre Mutter arbeiten sein und somit nichts auf dem Tisch stehen würde. Das Einzige, was sie dann tatsächlich vorgefunden hatte, waren zahlreiche leere Alkoholflaschen und dazwischen ihr besoffener Vater gewesen.

»Guten Tag, junge Frau, was darf es denn sein?«, fragte der Mann hinter dem Tresen und riss das Mädchen aus ihren Gedanken.

»Ich weiß noch nicht«, murmelte sie.

Dann widmete er sich erstmal anderen Kunden. Aus den Augenwinkeln heraus sah sie, dass die Seitentür des Wagens offenstand. Das Problem allerdings war, dass die Pommes zubereitet werden mussten. Der Mann neben ihr bestellte sich eine Bratwurst und sie sah, dass der Verkäufer in eine Tüte mit Brötchen griff, die nahe der Tür stand. Wie zum Stichwort knurrte ihr Magen wieder demonstrativ.

»Hey.«

Ein älterer Mann stand plötzlich neben dem Mädchen und sprach den Standbesitzer an, der gerade Kundschaft verabschiedet hatte.

»Ach Mensch, Olli, du bist es. Wie geht's dir so?«

Sie merkte schnell, dass der Mann, der zwischendurch gedankenverloren ein paar Würstchen auf dem Grill umdrehte, gar nicht auf seine Umgebung achtete und nur mit dem Mann vor seinem Wagen beschäftigt war. *Jetzt ist die Gelegenheit*, dachte Franziska und schlich sich unbemerkt neben die Tür. Sie horchte, ob die Männer sich immer noch unterhielten und lief langsam und mit geducktem Kopf das Treppchen hoch. Sie hatte Glück, dass die Brötchentüte so stand, dass sie verdeckt wurde. *Scheiße*, dachte sie, als sie sah, dass sie laut knistern würde, wenn sie die Tüte öffnen würde. Sie wollte sich gerade wieder umdrehen, um unbemerkt zu verschwinden, da wurde sie vom Besitzer entdeckt.

»Hey!«, brüllte er in ihre Richtung. »Was willst du hier, raus hier!«, schrie er sie an.

Beim Runterrennen stolperte sie über ihre Füße und fiel hin.

»Das geschieht dir recht, wolltest mich wohl bestehlen, was?« Der Mann, mit dem er sich bis eben noch ausgelassen unterhalten hatte, sagte leise irgendwas und der Besitzer der Bude schien sich wieder zu beruhigen. Er ging aus seinem Wagen heraus und untersuchte sie, um herauszufinden, ob sie etwas eingesteckt hatte.

»Was wolltest du bei mir drinnen?«, fragte er.

»Nichts, schon gut.«

»Sag mal …«, unterbrach der ältere Herr. »Irgendwie kommt mir dein Gesicht so bekannt vor. Kann das sein?«

Energisch schüttelte sie den Kopf.

»Doch, doch, irgendwo habe ich dich schon einmal gesehen!«

Panik stieg in ihr auf. Sie musste hier weg. Sie war mittlerweile wieder auf die Füße gekommen und drehte sich um, in der Hoffnung, dass der Dreck, den sie im Gesicht hatte, sie nicht verraten würde. Sie wollte gerade wegrennen, als er sie mit einem Hechtsprung aufhielt.

»Hiergeblieben!«, sagte er.

Er packte sie am Arm und sie hatte das Gefühl, in einem Schraubstock eingeklemmt zu sein. Ernst blickten sie strahlend grüne Augen an, die von Lachfältchen umsäumt waren. Seine Blicke bohrten sich in ihre. Ihr Herz raste dermaßen, dass sie dachte, es würde ihr gleich aus der Brust springen. Erneut kämpfte sie gegen die Tränen und glaubte ebenfalls, ihn von irgendwoher zu erkennen, doch sie hatte keine Idee, woher.

»Darf ich dich auf eine Portion Pommes einladen?«, fragte er plötzlich.

Sie war darüber so überrascht, dass sie zusagte. Er bestellte das Essen und sie aßen schweigend nebeneinander, während der Budenbesitzer die junge Frau nicht aus den Augen ließ.

»Ich würde trotzdem gerne wissen, was du hier drinnen wolltest«, begann er wieder, doch sein Kumpel deutete ihm zu schweigen.

»Ist doch jetzt egal«, sagte er. »Brauchst du einen Platz zum Schlafen?«, wollte der Mann, der Olli hieß, von ihr wissen.

Sie nickte zögernd.

»Na dann komm mit, ich bringe dich hin.«

Das Mädchen rührte sich nicht vom Fleck.

»Na komm schon, ich tue dir doch nichts.«

Sie blickte ihn skeptisch an, dann schüttelte sie den Kopf, drehte sich um und rannte weg.

Kapitel 16

Wo sollte sie jetzt hin? In das Motel konnte sie nicht zurück, sie hatte gerade mal so die Kosten des Zimmers bezahlen können. Sie brauchte unbedingt einen neuen Job und eine Bleibe.

Sie wusste nicht wann, doch irgendwann hatte sie aufgehört zu rennen. Völlig außer Atem blieb sie kurz stehen und stellte fest, dass ihr niemand folgte. Sie hatte sich ihre schwarze Kapuze über den Kopf gezogen. Der Himmel war wolkenverhangen und es nieselte. Das passte zu ihrer Stimmung. Ob es eine so gute Idee gewesen war einfach aus dem Wartezimmer abzuhauen? Sie dachte wirklich, sie wäre bereit gewesen, aber als sie in diesem Wartezimmer saß, hatte sie nur noch blanke Panik ergriffen. Gereicht hatte da schon eine einfache Visitenkarte von IHM. Nachdem sie seinen Namen gelesen hatte, war es aus gewesen. Sie war nur noch aufgestanden und hatte fluchtartig das Gebäude verlassen. Was, wenn der Arzt ihn gut kannte? Ihm anvertraute, dass sie da gewesen war? Ihr war klar, dass es so etwas wie eine Schweigepflicht gab, doch wurde diese eingehalten? Sie vertraute niemandem mehr.

Nach einem Kilometer musste sie eine Pause machen. Unbewusst hatte sie erneut angefangen ihr Tempo zu erhöhen, was ihr Körper ihr jetzt mit einem schmerzhaften Seitenstechen dankte. Sie hatte eine miserable Kondition. Als wieder leichte Panik in ihr aufzusteigen drohte, zwang sie sich zum Weitergehen. Sie bog in eine Straße ein und erstarrte.

Kapitel 17

Es waren gerade einmal wenige Tage vergangen, seit man die Leiche von Vera im Wald gefunden hatte, als die nächste Hiobsbotschaft die Kripo Leipzig erreichte. Wieder war ein Mädchen verschwunden. Lilly Schröder, die Tochter des Chefs.

»Was sollen wir tun?«, wollte Katja wissen und sah ihren Kollegen Thomas fragend an.

»Wir können ihm nicht sagen, dass seine Tochter verschwunden ist«, sagte er entschlossen. »Noch nicht«, fügte er hinzu, als sie schon den Mund öffnete, um ihm zu widersprechen.

Ausgerechnet die Mutter war es gewesen, die ihre Tochter als vermisst gemeldet hatte. An sich nichts Ungewöhnliches, aber wer Schröders Familienverhältnisse kannte, der wusste, dass es diesmal in der Tat ungewöhnlich war. Sie hatte ihn die letzten Tage nicht erreichen können, was vielleicht daran lag, dass er seine Handynummer geändert hatte und nicht wollte, dass seine Ex von seiner neuen Telefonnummer erfuhr. Sie war seit wenigen Tagen in der Stadt bei ihrer Mutter und wollte ihre Tochter besuchen, doch sie konnte sie nicht erreichen. Und da sie die Schlüssel zu der Wohnung von Lilly und ihrem Vater hatte, war sie in diese hineinspaziert und hatte Lilly nicht aufgefunden, obwohl es bereits Abend gewesen war. Sie wusste, dass Niklas meist bis spät in die Nacht im Büro saß und erst gegen ein Uhr in der Nacht nach Hause kam. Das hatte sich scheinbar nicht geändert.

Lillys Zimmer war so unordentlich gewesen, wie es bei den meisten Teenagern in ihrem Alter üblich war. Da sie weder ihren Exmann, noch ihre Tochter erreichen konnte, hatte sie sich an die Kollegen des Kindsvaters gewandt, in der Hoffnung, dass sie versuchen würden, das Mädchen zu erreichen.

»Vielleicht ist es auch nichts«, versuchte es Thomas und sah seine Kollegin vielsagend an. »Du kennst doch Schröder. Wenn er Zuhause mindestens genauso drauf ist wie hier, dann würde ich auch fortlaufen.«

»Was ist mit meiner Tochter?«

Die beiden Kommissare hatten nicht mitbekommen, wie der Chef den Raum betreten hatte. »Scheiße, Niklas«, begann Katja.

»Spar dir den Atem! Ihr wolltet mir verheimlichen, dass jemand meine Tochter als vermisst gemeldet hat?«

»Nun ja«, versuchte es Katja erneut.

»Sie kann gar nicht verschwunden sein. Ich würde doch merken, wenn meine Tochter verschwindet, ich bin schließlich ihr Vater und ich werde es euch beweisen.«

Er nahm das Handy aus der linken Brusttasche seiner Jacke und wählte die Nummer seiner Tochter. Es tutete eine Weile. Da Schröder sich ziemlich sicher war, dass seine Tochter abnehmen würde, hatte er extra den Lautsprecher aktiviert, bis schließlich die Mailbox die Abwesenheit des Angerufenen mitteilte.

»Das verstehe ich nicht«, sagte er. »Sie geht immer an ihr Telefon, wenn ich anrufe. Immer!« Er holte sein Portemonnaie heraus. Die anderen beiden tauschten irritierte Blicke aus. Er nahm einen Zettel aus einem Seitenfach, auf dem mehrere Nummern abgespeichert waren.

»Das erklärt einiges«, sagte er zu ihr und seine Miene verdüstere sich.

Katja sah ihn erwartungsvoll an.

»Die Schule hatte mich heute Früh angerufen, sie sei nicht dort gewesen. Ich hatte beschlossen heute Abend mit ihr zu sprechen.«

»Und?«

»Was und? Sie ist seit drei Tagen nicht in der Schule aufgekreuzt.«

»Und das hast du nicht mitbekommen. War sie denn Zuhause?«

»Naja ... Nun ... Ja ... Ich weiß es nicht«, gab er zu.

Ungläubig starrte sie ihn an. »Wie bitte? Schaust du denn nicht abends noch mal nach ihr, wenn du schon den ganzen Tag hier hockst?« Sie machte eine bedeutungsvolle Geste.

»Nein. Ich hatte mit dem Fall zu tun. Und jetzt entschuldigt mich. Ich muss los.«

Beim Rausgehen wählte er wieder eine Nummer. Zwei Sekunden später steckte er den Kopf durch die Tür.

»Stellt Suchtrupps auf. Findet meine Tochter«, wies er an. »Wenn dieses Schwein sie hat, bring ich ihn um.«

Mit diesen Worten war er wieder verschwunden.

Man hatte alles durchkämmt, sämtliche Seen und Wälder waren durchforstet worden, doch von Schröders Tochter fehlte jede Spur. Was an sich ein gutes Zeichen war. Oder auch nicht, denn das konnte bedeuten, dass sie sich in den Fängen eines Typen befand, der junge Frauen entführte, folterte und vielleicht sogar sterben ließ, wenn es sich um denselben Mann handelte, der die bisherigen Mädchen entführt hatte.

**

Erschöpft stieg er die Treppen zu seiner Wohnung hinauf. Der Fahrstuhl war mal wieder kaputt. Doch das war ihm egal. Er würde jetzt in eine Wohnung kommen, in der sich seine Tochter befinden sollte, was jedoch nicht der Fall war. Er war kurz davor gewesen, seine Ex-Frau anzurufen, immerhin war sie es, die das Verschwinden zuerst bemerkt oder ihm zumindest Bedeutung beigemessen hatte. Er wollte grade den Schlüssel in das Schloss stecken, als die Tür nachgab. Vorsichtig öffnete er sie.

»Hallo!«, rief er, und dann bemerkte er das Chaos. Sein Blick fiel auf zwei Asthmasprays, die sich auf der Kommode im Flur befanden. Nicht auch das noch, schoss es ihm durch den Kopf. Das bedeutete nicht nur, dass seine Tochter verschwunden war, sondern auch, dass sie kein Spray dabeihatte. Sie brauchte es vor allem in stressigen Situationen. Und wenn sie wirklich da war, wo er sie vermutete, dann war das mehr als nur stressig. Er ließ weitere Blicke über die verursachte Unordnung schweifen. Schubladen waren geöffnet und rausgerissen worden. Jacken, Schuhe und alles andere verteilten sich auf dem gesamten Fußboden.

»Lilly?«, rief er. Er trat einen Schritt weiter in den Flur hinein, als er eine Bewegung von der Seite wahrnahm.

Kapitel 18

Zitternd saß sie in der Ecke, sie weinte. Irgendwann wird sie aufhören zu weinen, sie wird ihr Schicksal akzeptieren. Da war er sich sicher. Sie wehrte sich nicht, nicht mehr. Trotzdem würde sie heute nichts zu essen bekommen. Zu trinken auch nicht, immerhin weinte sie. Das Weib hatte nichts zu weinen. Denn er war ja hier. Er hatte sich auf einen Stuhl gesetzt und wartete, bis sie mit dem Geheule aufhörte.

»Bist du dann mal fertig«, fragte er mit deutlich spöttischem Unterton in seiner Stimme. Er lachte. »Du siehst scheiße aus, wenn du flennst«, meinte er. Doch sie hörte nicht auf, und das machte ihn wütend. »Hör auf zu jammern«, sagte er betont ruhig

Als sie dann immer noch nicht aufhörte, wurde er wütend. »FRESSE HALTEN!«, schrie er und trat ihr in den Magen.

Er musste sich beruhigen, er durfte sie nicht so stark verletzen. Je weniger Verletzungen, umso weniger Beweise, falls man sie finden sollte. Es war wieder einer dieser Momente, in denen er sich nicht zusammenreißen konnte. Er atmete ein paarmal tief ein und aus. Dann ging es wieder, sie hatte aufgehört. Nur noch ein leichtes Schluchzen war zu vernehmen.

»Ich habe Durst«, sagte sie mit dünner Stimme. »Bitte«, fügte sie hinzu und blickte ihn ängstlich an. Er nickte und verließ den Raum.

Wenig später kam er mit einem Plastikbecher, gefüllt mit einer dampfenden gelben, stinkenden Flüssigkeit wieder. Er stellte ihn ihr vor die Füße.

»Bitte sehr.«

Angewidert starrte sie auf den Becher.

»Etwas anderes bekommst du heute nicht.«

Sie zögerte und starrte ihn an in der Hoffnung, dass er ihr gleich mitteilen würde, dass das ein schlechter Scherz sei.

»Na los«, munterte er sie auf. »Trink.«

Sie ahnte, dass sie keine andere Wahl hatte. Ihre Finger umschlossen das Plastik. Mit ganz viel Fantasie stellte sie sich vor, dass sie einen warmen Kaffeebecher in der Hand hielt. Nur, dass das kein koffeinhaltiges Heißgetränk war, sondern etwas, was sie in ihrem Leben niemals hatte trinken wollen. Auch wenn sie mal gehört hatte, dass es gesund sein sollte. Sie führte den Becher an den Mund und unterdrückte den aufsteigenden Ekel. Dann trank sie. Auf ex würgte sie das Zeug runter. Langsam, viel zu langsam rann es ihre Kehle hinab.

Übelkeit stieg in ihr auf und sie übergab sich vor die Füße ihres Peinigers. Dreimal musste sie sich übergeben.

Zum Schluss hatte sie das Gefühl, nur noch Magensäure auszukotzen.

»Somit bekommst du die nächsten Tage weder Essen noch Trinken. Frag dich mal, warum.« Dann verließ er den Raum. Er grinste, als er die Tür hinter sich zuzog. Er würde sie nicht hungern lassen – NOCH NICHT. Aber er spielte nicht gerne. Außerdem wollte er sehen, wie weit sie für ihn ging. Noch hatte er nicht genug von ihr. Er würde ihr neue Kleidung bringen und was zum Waschen. Er wollte nicht, dass sie stank, wenn er sie das nächste Mal liebte. Vermutlich würde er ihr auch eine Zahnbürste bringen, nur zur Sicherheit.

Kapitel 19

»Hallo Papa.«

Niklas drehte sich um und blickte in zwei strahlend grüne Augen. Es waren die seiner Tochter. »Lilly!«, rief er aus und umarmte seine Tochter. Sie standen neben einem schwarzen Ledersofa, welches den Raum dominierte. Das Zimmer enthielt nur die notwendigsten Möbel. Auf dem kleinen aus Mahagoni gefertigten Couchtisch lagen eine Fernbedienung und die Fernsehzeitung. Gegenüber des Dreisitzers befand sich ein Sideboard, welches fast die gesamte Wand einnahm und darauf ein riesiger Flachbildschirm. Erst jetzt bemerkte er die zweite sich im Raum befindende Person. Seine Ex Klara. Mit verschränkten Armen blickte sie auf ihn herab. In den Augen keine Spur von Mitleid.

»Ich fass es nicht. Wie kannst du nur so unverantwortlich sein!«

»Mama, lass gut sein«, sagte ihre Tochter leise.

»Du mischst dich da nicht ein. Dein Vater hat seine Aufsichtspflicht…«

»Mama ich bin siebzehn!«

»Wie kannst du nicht bemerken, dass deine Tochter …«

»Deine Tochter? Entschuldige bitte, soweit ICH mich erinnern kann, ist sie auch deine Tochter. Wo warst DU denn die letzten Jahre? Spielst dich hier auf, dabei hast du dich einen Scheiß um sie gekümmert!«

»Du hast nicht gemerkt, dass sie seit drei Tagen verschwunden ist! Du hast recht, du bist Vorbild aller guten Väter, ich vergaß«, spottete sie.

Lilly blickte ihren Vater erwartungsvoll an. Es dauerte einen Augenblick, bis die Frage zu ihm durchgedrungen war.

»Verrätst du uns mal, wo zum Teufel du die letzten Tage warst?« Man merkte seiner Stimme an, dass keine Antwort ihn zufriedenstellen würde. Lilly blickte ihn an, wie einen geschlagenen Hund.

»Lilly, wo warst du?«, wollte er wissen.

Sie seufzte. »Du lässt nicht locker, habe ich recht?« Sie hielt kurz inne und starrte auf ihre Fingernägel, sie hatte sie in einem hellen Rosa lackiert und an einigen Stellen blätterte die Farbe bereits ab.

»Wieso hast du die Schule geschwänzt und warum zum Teufel gehst du nicht an dein verdammtes Handy?«

Papa, ich …«, stotterte sie. Dann schloss sie die Augen und seufzte erneut. »Ich habe einen Freund.«

Mit offenem Mund starrten er und ihre Mutter sie an.

»Einen WAS?« Er musste sich zusammenreißen, um nicht zu schreien.

»Einen Freund. Mann, Papa, ich bin fast siebzehn. Andere haben bereits mit dreizehn ihren ersten Freund«, sagte sie trotzig.

»Sag nicht, dass du die letzten Tage bei ihm warst.« Seine Stimme zitterte vor Entrüstung. »Jetzt brauchst du auch nicht den sorgenden Vater spielen«, mischte sich seine ehemalige Frau ein. Er machte eine unwirsche Handbewegung.

»Hattet ihr …?«

»Papa! Nein.« Ihre Stimme klang schrill.

»Das wird Konsequenzen haben, junges Fräulein«, erklärte er.

»Genau deswegen habe ich dir nichts gesagt. Außerdem dachte ich, dass du das gar nicht mitbekommst, wenn ich nicht da bin. Hast Du ja auch nicht.«

Das gibt dir nicht das Recht, drei Tage zu verschwinden, die Schule zu schwänzen und nicht ans Telefon zu gehen.«

»Als ob die das interessiert, dass ich fehle…«

»Sie haben es gemerkt, außerdem gibt es eine Schulpflicht. Was meinst du, was das für ein Licht auf mich wirft, wenn du die Schule schwänzt?«

»War ja klar. Es geht mal wieder nur um dich!«, schrie sie und rannte aus dem Raum.

Er hatte provisorisch seine Wunde versorgt und einen Verband angelegt. Danach hatte er sich einen Kaffee gemacht. Manchmal war er froh über den technischen Fortschritt. Immerhin hatte dieser ihm eine vollautomatische Kaffeemaschine beschert. Dann klingelte sein Handy und er erkannte sofort Katjas Nummer auf dem Display.

»Was?«, fragte er barsch in den Hörer.

Kapitel 20

Ihr Blick fiel auf die alten Gebäude; sie kannte sie schon ihr halbes Leben lang. Hier war sie groß geworden, hatte ihre Kindheit verbracht und so viel Positives, aber auch Negatives erlebt. Leider überwiegte Letzteres. Und sie wusste auch, wer daran schuld war.

Wie ferngesteuert lief sie in Richtung der alten Brücke. Sie hatte gehört, dass man vorhatte, sie noch dieses Jahr sanieren zu lassen. Ihre Finger glitten beim Vorbeigehen über das alte Geländer. Plötzlich hielt sie inne und blickte hinunter in den Fluss. Das Wasser zog sie magnetisch an. Das, was dann geschah, realisierte sie kaum.

Erst als sie bereits über das Geländer geklettert war, nahm sie wahr, was um sie herum geschah. Von weitem hörte sie Autos, doch hier war es seltsam still, sie hörte nur das Rauschen des Wassers. Sie schloss die Augen; gleich würde sie ein Teil des Wassers werden. Dann würde endlich alles gut werden. Da war sie sich sicher. Es kam ihr vor wie Stunden, die sie dort schon so dastand.

Es war kalt und ihre Finger waren steifgefroren. Sie hoffte, dass keiner hier vorbeikommen würde, der sie kannte. Eigentlich wollte sie es nicht hier tun, so nahe an ihrem Elternhaus. Nicht auf der

Plagwitzer Brücke im Leipziger Kiez, da wo sie als Kinder immer heimlich gespielt hatten, obwohl die Eltern es ihnen verboten hatten.

Sie war an dem Haus vorbeigelaufen, hätte einfach nur klingeln müssen und sagen: »Mama, hier bin ich«, doch das tat sie nicht. So viel war geschehen, was nicht hätte geschehen sollen.

Sie blickte an dem 1915 erbauten Gebäude hoch, zu dem Fenster der Dreizimmerwohnung, in der sie aufgewachsen war. Ihr Griff schloss sich fester um das Geländer, sie starrte in das schwarze Wasser der Weißen Elster. Der Vollmond spiegelte sich im Wasser. *Du traust dich eh nicht*, schoss es ihr durch den Kopf. Sie schloss die Augen und atmete tief durch. In den letzten Tagen hatte sie immer mehr das Gefühl gehabt, dass jemand hinter ihr her war. Aber das war nicht der einzige Grund, wieso sie um drei Uhr morgens auf einer Brücke stand, um sich als Nichtschwimmerin sechzehn Meter in die Tiefe zu stürzen und dabei hoffte, dass niemand auf die Idee kam, ausgerechnet jetzt einen nächtlichen Spaziergang zu machen.

Immer wieder zählte sie von drei rückwärts, doch die Angst vor dem Ungewissen, vor dem Tod war immer noch stärker. Sie wusste, dass sie sich einfach Hilfe holen, ihr Leben umkrempeln und dann versuchen könnte, einen neuen Anfang zu starten. Doch dazu fehlte ihr die Kraft, sie war einfach so unendlich müde. *Na los, spring!*, schrien ihre Gedanken. *Dich will eh keiner, außer vielleicht er. Aber auch nur zum Ficken.*

Sie hatte schon oft mit dem Gedanken gespielt, sich vor einen Zug zu schmeißen, die Pulsadern aufzuschneiden oder eine Handvoll Tabletten einzuwerfen. Doch immer gab es etwas, was sie aufgehalten hatte – die Angst. Die Angst vor der unendlichen Dunkelheit, die andererseits auch so verlockend war. Sie wollte sie und auch wieder nicht.

Immer noch schlossen sich ihre Finger um das alte Metall. *Du bist nichts wert, du bist feige. Spring endlich. Dich will keiner.* Ihre Wangen brannten von der Kälte. Erst jetzt merkte sie, dass sie weinte. Vielleicht erfror sie, noch ehe sie sich hinunterstürzen konnte.

Es war ein Hund, der aus einiger Entfernung anfing zu bellen und sie aus ihrem tranceartigen Zustand riss. Sie stieg über das Geländer zurück und sackte davor zusammen.

Wieder kamen ihr die Tränen. Selbst das konnte sie nicht. Sie konnte sich noch nicht einmal das Leben nehmen. Die Angst war einmal mehr stärker gewesen, als der Wunsch nach Erlösung.

Sie saß noch einige Minuten zusammengesunken vor dem Brückengeländer, als sie hörte, wie ein Wagen vor ihr auf der Straße hielt.

Der Motor wurde abgestellt und Schritte bewegten sich auf sie zu.

Kapitel 21

»Geht in Ordnung«, sagte Katja und beendete das Gespräch. Ihr Chef hatte seltsam am Telefon geklungen. Ein anonymer Anrufer hatte sich im Präsidium gemeldet und angegeben, dass es noch einen Freund von der Toten Vera S. gab, von dem keiner wissen sollte. Sie hatte sich den Namen dieses angeblichen Freundes, von dem weder Eltern noch Freunde wussten, notiert. Dann hatte sie Niklas angerufen, um ihn über die neuesten Erkenntnisse zu informieren.

Sie klingelte, und es dauerte eine Weile, bis sie Bewegung im Inneren der Wohnung wahrnahm. Kurze Zeit später wurde die Tür von einem, wie sie fand, Möchtegern-Adonis geöffnet. Der junge Mann, der vor ihr stand, hatte dunkelbraunes zerzaustes Haar und strahlend grüne Augen. Seine sportliche Statur ließ erahnen, dass er sehr auf seine Ernährung achtete und, dass Sport für ihn kein Fremdwort war.

»Ja, bitte, was kann ich für Sie tun?«, wollte er wissen und fuhr sich durchs Haar. Sie hielt ihm ihre Dienstmarke vor die Nase.

»Katja Fuchs mein Name, Kriminalpolizei Leipzig, darf ich reinkommen?«

»Um was geht es denn?«, fragte er, für ihren Geschmack etwas zu nervös.

»Es geht um Ihre Freundin Vera.«

»Wer ist diese Freundin?«, ertönte plötzlich eine Stimme hinter ihm. Dann tauchte neben ihm eine attraktive, blonde Frau auf. Mit verschränkten Armen blickte sie zwischen den beiden hin und her.

»Wer soll das sein?«, fragte sie erneut und funkelte ihn böse an.

»Und wer sind Sie, wenn ich mir die Frage erlauben darf?«, wollte nun Katja wissen.

»Mia Laurens, aber was geht Sie das an?« Ihre respektlose Art ging ihr jetzt schon auf die Nerven.

»Könnten Sie mir verraten, was Sie vorgestern zwischen dreiundzwanzig Uhr fünfundvierzig und zwei Uhr fünfzehn gemacht haben?«

»Wir waren zuhause«, antwortete die Freundin wie aus der Pistole geschossen.

»Die Frage war eigentlich an ihn gestellt. Können Sie mir das bestätigen, Herr … »

»Ja, und wenn Sie es genau wissen wollen, wir haben etwas gegessen, ferngesehen und hatten Sex gehabt und danach haben wir uns schlafen gelegt.«

»So genau wollte ich es eigentlich nicht wissen«, erklärte sie. »Nun, zurück zu meiner ersten Frage. Sie kannten Frau Mahler.«

Er nickte und ignorierte den Blick, den ihm seine Lebensgefährtin zuwarf.

»Sie waren mit Vera zusamm…«

»Wie bitte?«, unterbrach die Blonde die Frage der Kommissarin.

»Vielleicht ist es besser, wir beide unterhalten uns unter vier Augen«, erklärte die Polizistin. Er zuckte nur mit den Schultern. Wie man es mit so einer Furie aushalten konnte, fragte sich Katja in Gedanken. Sie blickte die junge Frau vielsagend an.

»Von mir aus.« Man hörte ihrer Stimme an, dass sie alles andere als begeistert war. Und zu ihrem Freund gewandt sagte sie leise: »Wir beide sprechen uns noch. Ich will wissen, wer diese Schlampe war. Ich gehe raus, eine rauchen.« Sie schob sich an den beiden vorbei, hinaus aus der Wohnung.

»So, dann können wir uns jetzt in Ruhe unterhalten.«

»Sie ist sonst nicht so«, versuchte er das Verhalten von Mia zu entschuldigen.

»Das ist jetzt nebensächlich. Also Vera und Sie waren ein Paar. Ist das richtig?«, fragte sie erneut.

»Ja, waren wir.«

»Wer hat Schluss gemacht?«

»Sie, also, glaube ich«, sagte er.

»Wieso glauben?«, wollte Katja wissen.

»Nun ja, sie hatte sich tagelang nicht mehr bei mir gemeldet, ich dachte, es sei aus und habe es dabei belassen.«

»Sie wollten nicht den Grund erfahren und haben auch nicht versucht, sie zu erreichen?«

»Doch, ich habe versucht sie zu erreichen, aber sie hatte nicht reagiert. Sie hat auf keine Nachricht geantwortet, geschweige denn einen Anruf entgegengenommen.«

»Und da haben Sie sich nicht gewundert? Haben Sie mal versucht mit ihrer Familie oder Freunden zu sprechen?«

Er schüttelte den Kopf.

»Sie wurde vor drei Wochen als vermisst gemeldet. Deswegen haben Sie sie nicht erreicht.«

Er schlug seine Hände vor den Mund. »Und ich wusste von nichts.«

»Wieso hat man Ihnen nichts gesagt, oder andere Frage: Wieso hat mir niemand von Ihnen erzählt? Man sagte mir, sie sei Single.«

Er seufzte. »Ja, das hatte den Grund, dass wir unsere Beziehung geheim gehalten haben.«

»Und wieso haben Sie diese Beziehung geheim gehalten?«, wollte sie wissen, dabei kannte sie die Antwort bereits.

Er antwortete nicht gleich. »Weil niemand davon wissen durfte. Ich bin seit sieben Jahren mit Mia zusammen.«

Kapitel 22

Ein paar abgewetzte Papierseiten, gebunden in einen roten Lederband, gefunden von einem Passanten in einem Mülleimer. Der junge Mann mit schwarzem kurzem Haar und Brille wollte sich nur seines Kaugummis entledigen, als er auf diesen Fund aufmerksam wurde. Erst schenkte er dem Buch keinerlei Bedeutung, trotzdem nahm er es schließlich, neugierig wie er war, mit nach Hause. Erst als er das Heft zuhause genau studiert hatte, ist ihm klargeworden, wem dieses Buch gehörte und er wusste, dass er zur Polizei musste.

Vielleicht ist das Tagebuch das fehlende Puzzlestück, dachte sich Schröder, als er dieses zur Untersuchung ins nahegelegene Labor brachte. *Bald haben wir dich*, dachte er. Schröders Tochter Lilly war im selben Alter wie die das ermordete Mädchen und auch sie konnte eines der nächsten Opfer werden, wenn er und sein Team nicht schnell genug handelten.

»Ich möchte, dass Sie DNA auf diesem Ding finden, um genauer zu sein, die von Franziska Mahler«, sagte er und knallte das Buch der

Kollegin von der Forensik auf den Schreibtisch. »Auch Ihnen einen guten Morgen, Herr

Schröder«, sagte sie mit bissigem Unterton.

»Für Freundlichkeiten ist keine Zeit. Finden Sie heraus, ob jemand dieses Buch angefasst hat, jemand außer der jungen Frau, der das Buch gehört. Und dann geben Sie mir umgehend Bescheid. Ich muss weiter.«

Mit diesen Worten war er auch schon wieder zur Tür verschwunden und ließ die junge Frau mit dem möglichen Beweismittel, dem Tagebuch eines der vermissten Opfer, allein.

»Na danke«, murmelte sie und machte sich an die Arbeit.

»Haben Sie noch etwas bezüglich unseres Mordopfers in Erfahrung bringen können?«, fragte Schröder und nippte an seiner Tasse Kaffee.

Sie blickte ihn besorgt an.

»Wo war Ihre Tochter eigentlich, wenn ich fragen darf.« Neugierig blickte seine Kollegin ihn an.

Er starrte verbittert ins Leere. »Bei ihrem

Freund.« Das letzte Wort spuckte er förmlich aus.

Die Kommissarin schüttelte nur lächelnd den Kopf.

»Was machen Sie jetzt im Fall Vera S.?«, lenkte er das Gespräch wieder auf die Arbeit.

»Wir haben den Freund der Dame befragt.

Wobei, Freund … ich würde es Affäre nennen. Er hat mit Vera seine Freundin betrogen.«

»Vielleicht wollte sie mehr, das wäre schon mal ein Motiv.«

Die Kommissarin nickte.

»Das macht ihn schon verdächtig«, bemerkte Niklas und nahm wieder einen Schluck aus seiner Kaffeetasse, die wohl mittlerweile jeder auf dem Revier kannte, ein Geschenk seiner Tochter zum letzten Weihnachtsfest.
»Das dachte ich mir auch.«

»Haben Sie ihn gefragt, was er zur vermuteten Tatzeit gemacht hat? Hat er ein Alibi?«, wollte er wissen.
Sie schüttelte den Kopf.

»Dachte ich mir«, murmelte er.

»Aber was haben wir gegen ihn in der Hand?«, fragte Katja.

»Sagen Sie es mir, oder wir finden es heraus«, forderte er sie auf.

Kapitel 23

Der Mann, der sie vor einigen Wochen angesprochen hatte, wollte nicht aufgegeben, sie mit zu sich zu nehmen. Für ihn war das junge Mädchen eine weitere Trophäe in seiner Sammlung, die er unbedingt haben musste und er würde nicht eher ruhen, bis er diese endlich hatte. Schon seit Stunden beobachtete er sie und wartete nur auf den richtigen Zeitpunkt, um zuzuschnappen.

Franziska kannte dieses Auto. Es war der Wagen, der sie in ihren Albträumen verfolgte, immer und immer wieder. Panisch blickte sich die Siebzehnjährige um und suchte nach einer Fluchtmöglichkeit. Sie hatte mehrere, aber wo sollte sie entlang? Am sinnvollsten war der Weg, von dem sie gekommen war. Das Mädchen machte auf dem Absatz kehrt und beschleunigte ihre Schritte.

Sie bemerkte die Gestalt, die hinter zwei Eichenbäumen hervortrat, nicht. Auch die

Schritte hinter ihr bemerkte sie zu spät. Sie spürte lediglich das Piksen einer Nadel in ihrem Arm, dann verlor sie auch schon das Bewusstsein.

Als sie wieder zu sich kam, war sie an Armen und Beinen gefesselt. Die Kabelbinder, die er dazu benutzt hatte, schnitten tief in ihr Fleisch. Zwischen ihr und dem Mann lag eine Sitzreihe, so viel konnte sie sehen. Er hatte nicht bemerkt, dass sie wieder zu sich gekommen war, und ihr lag auch viel daran, dass dies so blieb. Er schien alles genau geplant und durchdacht zu haben. Selbst mit viel Glück und Kraftaufwendung würde es ihr durch die schneidende Fesselung nicht gelingen, ihrem Entführer zu entkommen. Sie starrte an die Decke und versuchte, so flach und leise wie möglich zu atmen. Wie lange waren sie bereits unterwegs? Schemenhaft nahm sie die Umrisse einiger Gebäude war. War es schon wieder dunkel geworden? Hatte irgendjemand gesehen, was passiert war? Sie hoffte es, sie hoffte es so sehr. Sie konnte noch nicht einmal sein Gesicht erkennen. Schweigend fuhr er durch die Dunkelheit und klopfte rhythmisch, zu der aus dem Radio laufenden Country-musik, auf das Lenkrad.

Sie spürte, wie der Wagen um eine Kurve fuhr und glaubte, Bäume zu erkennen. Ein Wald? Die Bäume wirken im Licht der Scheinwerfer bedrohlich. Immer tiefer fuhr er in den von Nadelbäumen gesäumten Wald hinein, bis er plötzlich auf einer Lichtung stehen blieb.

Vor ihnen ragte ein altes, halb zerfallenes Gebäude empor. Die Eingangstür hing freischwebend, und selbst von hier konnte sie erkennen, dass die Fenster den Kampf gegen die Spinnenweben verloren hatten. Allgemein war das Haus in einem sehr desolaten Zustand.

Sie schloss die Augen und hörte, wie er um das Auto herumging. Er öffnete die Schiebetür und hob sie aus dem Wagen heraus. Mit Leichtigkeit trug er sie in das Gebäude. Sie wagte es nicht, die Augen zu öffnen. Was würde sie hier erwarten? Sie ahnte es, versuchte aber den Gedanken so weit wie möglich von sich zu schieben. Sie gingen um einige dunkle Ecken, dann eine knarzende Treppe hinunter. Sie hörte sein Schnaufen. Je tiefer sie hinabstiegen, desto kühler wurde es. *Er geht in einen Keller*, schoss es ihr durch den Kopf. Dann ließ er sie wie einen nassen Sack auf den kalten Boden fallen. Sie versuchte, einen Ton von sich zu geben, um nach Hilfe zu rufen, doch nicht ein Sterbenswörtchen verließ ihre blutroten Lippen. Nein, nichts, beinahe so, als hätte er ihre Zunge entfernt.

Kapitel 24

Ein Mann wurde in Handschellen in einen Streifenwagen geführt. Wie in dem Fall der Toten, hatten sie bis vor wenigen Stunden auch keinen konkreten Hinweis zum Mord an dem skrupellosen Bordell- und Barbesitzer gehabt. Bis heute. Ein Mann hatte sich beim Revier gemeldet und angegeben, dass er einen Auftragskiller beauftragt hatte, den Mann, der seine Verlobte mehrfach vergewaltigt zu haben schien, umzubringen. Er nannte den Beamten den Namen, den er in seinem Profil auf einer Seite für Auftragsmorde im Darknet angab. Es hatte einen Großeinsatz gegeben, bei dem sich einer der Beamten als potenzieller Kunde ausgab und einen Mann, in diesem Fall einen Kollegen, den es loszuwerden galt.

Man beobachtete das vermeintliche Opfer, welchem man eine Sicherheitsweste angezogen hatte Tag und Nacht, bis der Gesuchte in die Falle geriet. Nachdem sie ihn mit aufs Revier mitgenommen hatten, hofften die Beamten, dass er auch für den Mord an dem Mädchen verantwortlich war. Doch die Morde waren so unterschiedlich, dass man nicht daran glaubte. Die Beweise gegen den Mann waren so belastend, dass er schließlich zugab, den Puffbesitzer getötet zu haben. Und man konnte ihm noch sechsunddreißig weitere Morde zuschreiben. Trotz all der Misserfolge der letzten Zeit, war das ausnahmsweise mal eine gute Nachricht.

»Jetzt haben wir einen Mord gelöst, aber wir wissen immer noch nicht, wer die junge Frau umgebracht und die anderen Frauen entführt hat.« Katja starrte missmutig in die Fallakte, die sie aufgeschlagen vor sich liegen hatte. »Was hat die Analyse wegen des Tagebuchs ergeben?«, fragte sie ihren Kollegen, der gerade das Büro betrat.

»Keine Ahnung, ich habe noch nichts bekommen«, sagte er. Sie runzelte die Stirn und griff nach dem Telefon vor sich und wählte die Nummer des Labors.

»Ja?«, fragte eine genervte Stimme am anderen Ende.

»Guten Tag, hier ist Katja … » Weiter kam sie nicht, denn schon wurde sie von der Person am anderen Ende unterbrochen.

»Ja, wir haben die Ergebnisse, ihr müsst nicht alle drei Minuten anrufen und danach fragen. Wir hätten uns sofort gemeldet, sobald wir sie haben. Es handelt sich um das Tagebuch von der vermissten Franziska Mahler, das konnten wir durch eine handschriftliche Analyse feststellen.« Sie nickte. »Gut, danke«, sagte sie und legte auf.

Sie konnte sich denken, wer es nicht abwarten konnte und ständig angerufen hat. Schröder. Das sah ihm mal wieder ähnlich.

»Warum wird eigentlich das Tagebuch untersucht?«, fragte Thomas und riss sie aus ihren Gedanken. »Weil wir davon ausgehen müssen, dass sie auch Opfer des Entführers geworden ist.«

»Aber …«, warf er ein.

»Ich weiß, dass sie an uns geschrieben hat, und ja, es ist die gleiche Handschrift. Aber wenn man sich die letzten Einträge ihres Tagebuches durchliest, ist sie scheinbar verfolgt worden oder hat es zumindest geglaubt.« Sie schob ihm Kopien der Einträge über den Schreibtisch. Er nahm sie in die Hand und las schweigend die Texte. Sie waren in einer fein säuberlichen Mädchenschrift geschrieben und teilweise sehr düster gehalten.

»Sie schien psychische Probleme gehabt zu haben«, stellte er fest und gab ihr die Zettel wieder.

Katja nickte. »Einige Seiten waren rausgerissen. Vermutlich die, auf die sie geschrieben hatte, was der Grund für die Probleme war. Was wiederum die Frage aufwirft, ob dieser Verfolger nicht unser Mann ist«, erklärte sie.

»Vermutlich, aber kann man das nicht anhand der Seiten herausfinden, die hinter den Einträgen waren?«

»Möglich, aber der Entführer war nicht dumm. Er hat nicht nur die Seiten entfernt, die auf ihn hinweisen, sondern auch die dahinter, somit kann ich Ihre Frage beantworten. Nein, wir konnten nichts Durchgedrucktes finden, was uns einen Hinweis geben könnte.«

»Schöne Scheiße«, sagte er. »Weiß Schröder schon Bescheid, dass …«, wollte er gerade fragen, als er auch schon unterbrochen wurde.

»Was soll ich wissen?«, fragte er und trat in die Runde.

»Dass Frau Mahler wahrscheinlich doch entführt worden ist«, erklärte Katja.

»Ja, ich weiß«, sagte er. »Ich habe vor Ihnen bereits bei unserer Kollegin angerufen. Sie hat mich darüber in Kenntnis gesetzt, das heißt …«, er blickte die anderen beiden bedeutungsvoll an, »… wir haben jetzt sechs verschwundene Mädchen, eines davon tot.«

Thomas schloss die Tür der Männertoilette hinter sich und sicherte sich ab, dass er allein war. Dann zückte er das Handy und wählte Ninas Nummer.

»Ja?«, meldete sie sich etwas genervt.

»Können wir uns treffen?«, wollte er wissen.

»Warum?«, fragte sie.

»Nur so, ich dachte, wir könnten das vom letzten Mal wiederholen.«

Sie schwieg kurz, dann sagte sie: »Ok, um neun, kommst du zu mir?«

»Ja, das bekomme ich hin.«

Wenig später stand er auch schon vor ihrer Tür und drückte den Klingelknopf, auf dem zwei Namen standen. Sein Herz blieb stehen, als er das sah. Als sie die Tür öffnete, mit nassen Haaren und nur einem Handtuch um den nackten Körper gewickelt, welches gerade einmal den Busen verdeckte, machte sein Herz einen Sprung.

Er folgte ihr nach drinnen und sie setzten sich erst mal in ihr Wohnzimmer. Es war spärlich eingerichtet, man hätte fast vermuten können, dass sie erst in die Wohnung gezogen war, wenn man es nicht besser wusste.

Vor der schwarzen Schlafcouch stand ein kleiner Glastisch, auf dem eine künstliche weiße Rose in einer Vase mit grauem Granulat platziert war. Gegenüber an der Wand stand ein kleiner Fernsehtisch, der aber leer war. Er vermutete, dass bis vor kurzem dort noch ein Fernseher gestanden hatte. Rechts daneben befand sich ein Bücherregal mit zahlreichen Bestsellern bestückt.

»Und, wie lief es bei der Arbeit, habt ihr den Täter schon geschnappt?«, fragte sie unschuldig.

Er schüttelte den Kopf. »Es sind sechs Mädchen verschwunden, davon eines tot, von einem anderen haben wir jetzt ein Tagebuch im Müll gefunden, bei dem aber wahrscheinlich wichtige Seiten rausgerissen worden sind. Den Ex-Freund haben wir befragt, aber der hatte keine Ahnung, aber auch kein richtiges Alibi, nur das, welches seine Freundin ihm gegeben hat. Aber wenn du mich fragst, ist da was faul.«

Sie nickte gedankenverloren.

»Der wusste noch nicht einmal, dass seine Ex verschwunden ist, das haben wir ihm heute mitgeteilt.«

Sie blickte ihn ungläubig an. »Bitte was? Der muss doch mitbekommen haben, dass sie

öffentlich gesucht wurde?«

»Scheinbar nicht«, sagte er.

»Naja«, seufzte sie, stand auf, setzte sich neben ihn und legte ihre Hand auf sein Knie.

Kapitel 25

Presseartikel
LEIPZIGER TAGESKURIER
»Werden weitere tote Frauen folgen?«
Nina Sommer

Nachdem vor wenigen Tagen *die Leiche der siebzehnjährigen Schülerin Vera Schneider in einem Waldstück nahe Leipzig* gefunden *wurde, folgt nun der nächste Schock. Mittlerweile sind noch weitere fünf Frauen verschwunden. Sind in Leipzig keine Frauen mehr sicher?*

Nina Sommer

»Kann mir einer von euch verraten, wie die Presse an solch vertrauliche Informationen kommt?«, brüllte Schröder. Der Kaffeemangel an jenem Morgen war ihm anzumerken. Erst am Tag zuvor war seine heißgeliebte Kaffeemaschine kaputtgegangen und nun sollte er ganze zwei Tage auf ein Ersatzgerät warten.

»Es wurde ausdrücklich gesagt, dass nichts an die Medien weitergetragen wird. Nicht in einem solch sensiblen Fall. Wir haben diesen Fehler schon einmal begangen und was waren die Folgen?« Er blickte alle nacheinander an. Dann sprach er weiter: »Die Folge davon war, dass wir in den Medien als Witzfiguren dargestellt wurden. Wenn ich herausbekomme, wer den Ermittlungsstand an die Presse getragen hat, bugsiere ich ihn eigenhändig vor diese Tür. Derjenige braucht es jobtechnisch nirgends mehr zu versuchen, dafür werde ich sorgen.«

Dann stürmte er aus dem Büro und ließ die Tür zuknallen. Die noch im Raum Anwesenden blickten sich an. Kaum jemand hatte Schröder je so wütend gesehen. Und das bedeutete nichts Gutes. Keiner wollte in der Haut desjenigen stecken, der Nina Sommer die Details zu dem Fall genannt hatte. Details, die nicht an die Öffentlichkeit gelangen sollten, um keine Massenhysterie auszulösen.

Seit die Zeitungen gedruckt und im Handel ausgelegt waren, klingelten sich die Telefone auf dem Revier heiß. Besorgte Eltern, die sich darüber ausließen, wie unfähig die Polizei doch war und die um die Sicherheit ihrer pubertären Töchter bangten. Oder Leute, die irgendwann in den letzten Wochen irgendwas irgendwo gesehen hatten. Da wurden Nachbarn sowie andere unliebsame Menschen verdächtigt, weil sie sich in den letzten Monaten komisch verhalten hatten und sowieso schon immer merkwürdig gewesen sein sollen und man mal ein Auge auf diese werfen sollte.

Dass ihr Chef da schlechte Laune bekam, war Katja klar. Sie war sich sicher, dass er geradewegs zum Polizeichef höchst selbst war, um sich seinen Einlauf abzuholen.

»Na dann«, begann Thomas, »lasst uns mal weiterarbeiten, wir müssen schließlich den Fall lösen.« Einverständliches Nicken machte die Runde.

»Was ist mit den Anrufen, Katja? Meinst du, wir können irgendwas davon ernst nehmen?« Sie seufzte. Er war noch nicht lange von der Polizeischule runter, das versuchte Katja sich immer wieder ins Gedächtnis zu rufen.

»Nein. Das sind meiner Erfahrung nach alles nur

Leute, die sensationsgeil sind oder hoffen, eine Art Belohnung zu ergattern, wenn sie uns Hinweise geben. Also saugen sich viele einfach was aus den Fingern, wenn sie so etwas behaupten. Schade, was aus unserer Gesellschaft geworden ist. Keiner ist mehr ohne Hintergedanken freundlich und hilfsbereit, alle erhoffen sich irgendeinen Vorteil.« Sie hatte recht, dass musste er sich eingestehen.

»Mich würde interessieren, wer unsere Ergebnisse weitergegeben hat«, murmelte sie vor sich hin. Dann ging sie zu ihrem Schreibtisch und widmete sich wieder ihrer Arbeit.

»Das kann doch nicht Ihr Ernst sein, das wird Konsequenzen haben!« Wütend blickte Hartmann sein Gegenüber an. Schröder tat unbeeindruckt. Er hatte eine Maske aufgesetzt. Über die Jahre hatte er sich eine Fassade aufgebaut und nichts an sich rangelassen. Ruhig hörte Niklas sich die Schimpftiraden des Polizeichefs an.

»Finden Sie heraus, wer dafür verantwortlich ist. Die Presse wird uns in der Luft zerreißen«, schimpfte er weiter.

»Selbstverständlich«, sagte Schröder mit einer für die Situation völlig unangemessenen Gelassenheit.

»Halten Sie das etwa für lustig?« Sein Kopf war mittlerweile puterrot angelaufen.

»Nein, Chef, natürlich nicht. Ich stimme Ihnen in allen Punkten zu und werde mich darum kümmern. War es das nun? Ich habe noch einen Fall zu lösen«, sagte er. »In Ihrem Interesse natürlich.« Dann stand er auf und ließ den von der Dreistigkeit verdutzten Polizeipräsidenten sitzen.

Andere hätten sich das nicht trauen dürfen, aber da er als der beste Ermittler galt, den es in den letzten Jahren bei der Leipziger Polizei gab, ließ man ihm so einiges durchgehen. Auf dem Weg zurück ins Büro wäre er fast in seinen Kollegen Thomas Engel reingelaufen, der mitten im Gang stand und hektisch etwas in sein Smartphone zu tippen schien.

»Passen Sie doch auf!«, blaffte er ihn an. Entsetzt blickte Thomas auf und sprang zur Seite. »Haben Sie nichts zu tun?«, wollte er wissen.

»Ja, natürlich, ich war nur …« Er ließ den Satz unvoll-endet, denn Schröder war schon an ihm vorbei in sein Büro gestürmt. Er hatte keine Zeit für so etwas.

Die Freiheit des Menschen liegt nicht darin, dass er tun kann, was er will, sondern, dass er nicht tun muss, was er nicht will.
Jean-Jacques Rousseau

Kapitel 26

Sie schrie aus vollem Halse. Genau das taten sie am Anfang alle, doch nach und nach würde auch diesem Mädchen die Kraft dazu fehlen. Er wusste, niemand würde das Mädchen hören. Vielleicht war auch dies der Grund, weshalb er sie nicht geknebelt hatte. Er war sich seiner Sache sicher. Ja, er genoss sogar das Schreien, welches noch voller Hoffnung war. Lange wird es nicht mehr dauern, bis genau dieses abebbte und die Stimme immer heiserer werden würde. Er spürte, wie er eine Erektion bekam. Er musste sich zusammenreißen. Nicht jetzt. Sie war sein Diamant, das wichtigste Stück in seiner Sammlung. Sie würde immer die Erste sein und er würde sie nie wieder gehen lassen. *Nicht so wie damals ...*

Seine Gedanken schweiften ab. Er erinnerte sich gerne zurück. An die Zeit. Damals war sie jünger gewesen, aber gerade das hatte ihn so geil gemacht. Sie war noch unschuldig und vom Leben unverbraucht gewesen. Sie würde sich nicht mehr daran erinnern können, mit den Jahren sah er anders aus und sie würde auch seinen Namen nicht mehr kennen.

***

Erschöpft lehnte sich das Mädchen an die Wand und begann zu weinen. Sie alle hatten irgendwann aufgehört, ihr Schicksal akzeptiert, und wenn nicht… Das war bisher nur einmal geschehen.

»Ich liebe dich.« Tonlos formte er die Worte mit seinen Lippen. Denn auch wenn sie ihn nicht sehen konnte, sie würde seine Liebe spüren, dafür würde er sorgen.

Kapitel 27

»Ich hasse dich, ich hasse, hasse, hasse dich!« Sie schrie diese Worte immer und immer lauter, hoffte, er würde sie hören. Sie wusste, es würde ihn nicht interessieren, aber es tat so gut. An Händen und Füßen war sie mit weißen Kabelbindern gefesselt. Sein Gesicht hatte sie nicht gesehen. Er hatte ihr einen alten miefigen Leinensack über den Kopf gestülpt und trug eine Maske, wenn er zu ihr kam. »Ich hasse dich, du mieses Arschloch. Ich will, dass du verreckst und elendig krepierst!« Sie hatte keine Angst vor ihm. Der Tod wäre ein willkommener Ausweg aus dieser Hölle. Er war vor einigen Tagen das letzte Mal bei ihr gewesen. Ihr Magen knurrte schon kaum noch. Zum Glück hatte er ihre Hände vor ihrem Körper gefesselt, sodass das Mädchen etwas trinken konnte. Drei Wasserflaschen hatte er ihr hingestellt, nachdem sie ihn beim letzten Mal hat einfach machen lassen und sich nicht zur Wehr setzte. Es war eine Art Belohnung. Erschöpft hatte sie nach Luft geschnappt, Tränen waren ihr in die Augen gestiegen. Immer wieder fragte sich Franziska, warum sie, sie war nichts Besonderes. Also, wieso hatte er ausgerechnet sie zu sich geholt?

Wann er wohl wiederkommen würde? Die junge Frau war so unendlich müde, wusste nicht mehr, wie viele Tage sie schon eingesperrt war. Jegliches Gefühl von Zeit war ihr gegangen. Ihre Augen vielen zu, doch an Schlaf war nicht zu denken. Wie ein Tier am Ende der Nahrungskette, immer bereit zur Flucht, horchte Franziska auf jedes Geräusch.

Kurz wurde das Mädchen von einem traumlosen Schlaf übermannt. Ein lautes Geräusch ließ sie auffahren. Er setzte sich neben sie auf den Boden. Sie lag einfach nur da und wagte es kaum zu atmen. Dann ging alles ganz schnell. Die Entführte ließ es über sich ergehen, unternahm keine Versuche, sich ihm zu widersetzen. Es war zur Gewohnheit geworden, damals war es auch so gewesen. Auch da hatte sie begonnen sich nicht mehr zu rühren.

Als er fertig war, stellte er ihr einen Korb mit Brot und drei Flaschen Wasser hin. Er nahm den Eimer, in den sie ihre Geschäfte verrichten musste und stellte einen neuen hin. Angewidert starrte sie den Korb an. An Hunger war gar nicht zu denken. Starke Unterleibsschmerzen quälten sie. Sie hatte sich zusammenreißen müssen, um nicht laut loszuschreien, während er dabei gewesen war. Die junge Frau war sich bewusst, dass es nicht ihre Tage waren, denn ihr Körper funktionierte nur noch auf Sparflamme. Ihr ganzer Mechanismus war nur noch auf Flucht programmiert. Doch andererseits wusste sie, dass sie nach allem, was sie jetzt erlebt hatte, nicht flüchten würde, nicht wollte. Ihr fehlte jegliche Kraft dazu, sowohl körperlich als auch psychisch. Sie wollte nur noch warten, bis er sie endlich entließ, sie endlich töten würde.

**

Das Mädchen schien seine Rolle noch nicht verstanden zu haben; dass sie sein Edelstein war, sein Diamant, sein ganzer Stolz. Im Gegensatz zu allen anderen bekam sie Brot, die anderen hingegen nur Küchenabfälle. Sie hatte auch das Privileg, auf einer Isomatte mit einer Decke schlafen zu können, die anderen hingegen hatten nur harten Betonboden unter sich. Zu Beginn hatten sie alle diesen Luxus gehabt, jedoch nur so lange, bis er erkannt hatte, dass er jeweils das falsche Mädchen hatte. Ab da versorgte er diese Mädchen nur noch selten. Er wollte auch ihre Körper nicht mehr, sie waren ihm zuwider.

Jetzt war sie endlich wieder bei ihm. Nach all den Jahren waren sie beide wieder vereint. Sein Herz machte einen Satz, als er daran dachte.

Kapitel 28

ER war heute wieder bei mir. Mama und Papa haben nichts
mitbekommen. Natürlich nicht. Er ist zu mir ins Zimmer ge-
kommen, ich soll leise sein, hat er gesagt. Das sei unser kleines
Geheimnis. Ich will es nicht. Ich mag nicht, wenn er mich anfasst
und diese Dinge mit mir macht. Es tut immer so weh. Und er hört
sich dabei immer an wie ein Tier. Ich bekomme kaum Luft, weil
er mir den Mund zuhält, und ich habe Angst, schreckliche Angst,
dass er morgen wieder da sein wird…

Sie schlug das Buch zu. »Ich kann das nicht weiterle-
sen«, sagte sie und blickte ihn an. »Das Mädchen war zu
dem Zeitpunkt wie alt? Neun?« Angeekelt schob sie es
von sich, fast als wäre es radioaktiv verseucht.

»Dreizehn Jahre …«, sagte Schröder.

»Gehen Sie zu den Eltern, die müssen doch wissen,
wer da so oft zu Besuch gewesen ist, das muss doch
auffallen.«

Katja nickte, schnappte sich ihre über den Stuhl geleg-
te Jacke und eilte aus dem Büro, weg von dem Buch,
weg von den verzweifelten Worten, die ein kleines Mädchen aufs Papier gekritzelt hatte, weil sie es niemandem
sagen durfte.

Hatte es ihr geholfen? Vermutlich nicht, so etwas brannte sich in eine Seele. Ein Leben lang gezeichnet.

Vom Revier bis zur Adresse der Mutter war es nicht weit, das wusste sie schon, und auch heute war sie wieder schnell an ihrem Ziel angelangt. Sie parkte ihren knallroten Fiat 500 in einer Seitenstraße und eilte zu dem Wohnblock.

»Frau Mahler?« Die Tür war angelehnt gewesen, als sie die Wohnung betrat. Ihre Hand ging intuitiv zu ihrer Waffe im Holster. Ihren Körper durchströmte Adrenalin. Mit wachen Nerven und geweiteten Augen blickte sie in jedes Zimmer, konnte aber niemanden entdecken. Zwischen dem Chaos aus achtlos auf den Boden geschmissener Kleidung und Müll waren leere Flaschen verteilt, in denen vermutlich Alkohol gewesen war. Von Frau Mahler aber keine Spur. »Verdammte Scheiße«, fluchte die Beamtin.

Sie hatte gerade ihren Kollegen in der Leitung.

»Ja, Katja hier, ich brauche…« Weiter kam sie nicht, da spürte sie bereits einen heftigen Schmerz an ihrem Hinterkopf, dann war alles dunkel.

Kapitel 29

Siebenunddreißig verpasste Anrufe, zehn eingegangene WhatsApp-Nachrichten. Sie seufzte und stellte das Telefon wieder auf Flugmodus. Sie war gerade auf dem Weg in die Redaktion. Ihr Boss hatte Luftsprünge gemacht, als sie mit den Informationen zu den Vermisstenfällen um die Ecke gekommen war. Jetzt hatte sie sogar die Erlaubnis, einen größeren Artikel über die ganze Sache zu schreiben. Sie würde früher oder später Thomas zurückrufen müssen, ansonsten würde sie - das war ihr durchaus bewusst - Gefahr laufen ihre Quelle zu verlieren. Auf den Sex konnte sie gut und gerne verzichten. Der war bei weitem nicht so befriedigend, dass ihr da was entgehen würde. Ihr ging es einzig um sein Wissen und sein Plappermaul.

Was manche Männer nicht alles taten, um ihren Penis in eine Frau zu stecken ... Sie musste lächeln; Männer waren doch alle gleich.

Nach wenigen Minuten hatte sie sich doch dazu durchgerungen, eine kurze Nachricht zu verfassen. »Kann jetzt nicht, bin auf Arbeit.« Sie machte sich nicht die Mühe, auch nur eine seiner Nachrichten durchzulesen.

Auf der Treppe wäre sie fast in den Chefredakteur gerannt, als sie auf dem Weg in ihr Büro war.

»Ah, Frau Sommer, mit Ihnen wollte ich sprechen. Gut, dass ich Sie gerade erwischt habe.«

»Guten Morgen, um was geht es denn?«, fragte sie und blickte dabei nervös auf ihre Armbanduhr.

»Geht ganz schnell, ich bin nur neugierig bezüglich Ihrer Quelle.«

Sie hob fragend die Augenbrauen.

»Na ja, mich interessiert, wo sie diesen Informanten ausgegraben haben. Wir bekommen aus dem Pressesprecher der Polizei nicht ein Wort heraus.«

Sie wollte gerade etwas erwidern, als auch schon sein Telefon zu klingeln begann und er das Gespräch entgegennahm. Erleichtert über die Rettung und die Tatsache, dass er sich lieber beide Arme abschneiden würde, als nicht ans Handy zu gehen, wenn es klingelte, schlich sich die Reporterin vorbei ins Büro zu ihrem Schreibtisch und ließ sich in ihren Stuhl sinken.

Kapitel 30

Wie ein Mantel legte sich die Dunkelheit über die Stadt. Während sorglose Bürger in ihren Betten die Augen schlossen, hielt ein schwarzes Auto an einer Baustelle nahe dem Ratskeller. An diesem Abend war die sonst so belebte Stadt wie leergefegt. Mit seinem Ziel vor Augen fuhr er durch die Nacht. Irgendwann hielt der Wagen. Der Mann, der ausstieg, war dunkel gekleidet. Auch sonst war er kaum zu erkennen, sein Gesicht wurde von einer Kapuze verdeckt. Seine Hände steckten in ebenfalls dunklen Handschuhen. Er hatte extra keine aus Stoff genommen, um keine Fasern zu hinterlassen. Alles war genau und bis ins kleinste Detail geplant.

Er ging um das Fahrzeug herum, öffnete den Kofferraum und hob etwas heraus. Leblos lag sie in seinen Armen, leicht wie eine Feder. Sie hatte es nicht geschafft.

Der größte Feind für die Auswertung von Spuren waren Feuer und Wasser. Er hatte sich für Wasser entschieden, genau genommen für einen Wasserschacht, den er bei Tageslicht an einer Baustelle entdeckt hatte. Morgen würden Tonnen von Erde darauf geschüttet

werden, und dann würde man sie so schnell nicht wie-
derfinden.

Er legte sie in den Schacht und schloss den Deckel,
dann machte er sich schleunigst aus dem Staub. Lautlos
wie ein Fuchs eilte er zu seinem Wagen, stieg ein und
fuhr durch die Nacht davon.

Wenn einer keine Angst hat, hat er keine Phantasie.

ERICH KÄSTNER

Kapitel 31

Sie hielt sich den Kühlakku auf die schmerzende Stelle. Sie wusste nicht, ob sie lange außer Gefecht gesetzt gewesen war, aber man hatte sie auf die mit Dreckwäsche übersäte Couch gelegt. Schuldbewusst blickte Frau Mahler ihren Gast an.

Ihren besorgten Kollegen hatte sie angerufen, sobald sie wieder klar denken konnte. Er war bereits mit einem Kollegen auf dem Weg zu ihr gewesen. Die Augen ihres Gegenübers waren glasig und ihr Atem roch nach Hochprozentigem. Sie war Nachschub holen gewesen, weil sie aber ihren Schlüssel nicht gefunden hatte, hatte sie die Tür einfach einen Spalt angelehnt aufgelassen. Sie konnte Katja nicht gleich von hinten erkennen und hatte sie für einen Einbrecher gehalten. Vielleicht lag es auch an dem Alkohol, den sie im Blut hatte und der ihr die

Sicht und die Gedanken benebelte, dass sie die Beamtin als solche nicht erkannt hatte.

»Weswegen sind Sie eigentlich hier?«, wollte sie wissen.

»Ich wollte etwas zu einem Tagebuch wissen, das gefunden wurde. Es ist wohl von Ihrer Tochter, ein älteres, aus ihrem dreizehnten Lebensjahr. Hat Ihre Tochter viel geschrieben?«

Sie wirkte weit weg, als sie zu sprechen begann: »Ja hat sie, sie hatte eine blühende Fantasie. Ich weiß, man macht das eigentlich nicht, aber manchmal habe ich in ihrem Tagebuch gelesen. Jeden Tag hatte sie reingeschrieben. Ich musste ihr immer wieder neue Bücher holen.«

»Was meinen Sie mit ‚blühende Fantasie‘?«

»Na ja, sie hatte neben den Tagebüchern auch Geschichten geschrieben, aber manchmal ist in ihren Tagebüchern die Fantasie mit ihr durchgegangen. Dann hatte sie von Dingen geschrieben, die nie passiert waren.«

»Können Sie mir da ein Beispiel nennen?« Statt zu antworten, blickte die Mutter der Vermissten nur ins Leere.

»Frau Mahler?«, versuchte sie sie wieder in die Realität zu holen. »Was meinen Sie mit ‚Fantasie‘? Was hat Ihre Tochter geschrieben, das nicht passiert sein soll?«, versuchte sie es erneut. Plötzlich fing die Mutter zu weinen an.

»Ich… wollte das nicht«, schluchzte sie.

»Was wollten Sie nicht?«

»Ich habe Seiten aus dem Buch gerissen und verbrannt. Den Rest habe ich weggeschmissen«, erklärte sie und weinte.

»Nur das Buch oder gab es noch andere?«

»Nur dieses Buch«, sagte sie mit zitternder Stimme und starrte auf ihre schmalen Finger. Sie wirkte älter als beim letzten Mal, als sie bei ihr gewesen war.

»Warum?« Doch ehe sie antworten konnte, wurde sie von dem Klingeln ihres Handys unterbrochen.

»Darf ich rangehen?«, fragte Franziskas Mutter. Katja nickte. Mit zittrigen Händen nahm sie den Anruf an. Ihre Augen wurden immer größer, sie stimmte dem Anrufer irgendetwas zu.

»Sie müssen jetzt gehen«, sagte sie mit plötzlicher Festigkeit in ihrer Stimme an die Kommissarin gewandt. Perplex starrte sie die Frau an.

»Würden Sie mir bitte noch meine Frage beantworten? Von wem hat ihre Tochter geschrieben, als sie von den Vergewaltigungen schrieb? Sie hat es drei- oder viermal erwähnt, aber nie einen Namen genannt. Hatte sie den Namen auf den Seiten, die Sie rausgerissen haben?«

»Sie müssen jetzt wirklich gehen. Ich weiß nicht, wovon Sie sprechen.«

»Dann muss ich Sie bitten, mich aufs Revier zu begleiten.«

Jetzt war es Katjas Handy, das zu klingeln begann. Es war Schröder, er hatte das Talent, immer in den ungünstigsten Momenten anzurufen. Und dieser war der momentan ungünstigste Moment, den sie sich gerade vorstellen konnte.

»Ja?«, begrüßte sie ihn unter den ungeduldigen Blicken der Frau.

»Ich bin sofort da. Bis gleich«, beendete sie nach nur wenigen Sekunden das Gespräch.

»Nun gut, wir kommen hier nicht weiter. Ich gebe Ihnen meine Karte. Falls Ihnen noch etwas einfällt, rufen Sie mich bitte an. Sie bekommen in wenigen Tagen noch eine Vorladung. Bitte seien Sie nüchtern an diesem Tag.«

Es missfiel ihr sehr diese Frau nicht auf der Stelle mit auf die Dienststelle nehmen zu können. Irgendetwas stimmte ganz und gar nicht.

Wenige Sekunden später war sie auf dem Weg zu dem Ort, an den Schröder sie zitiert hatte.

Kapitel 32

Mit dem Kaffee in der einen Hand und dem gewohnt mürrischen Blick in seinem Gesicht, kletterte er unter dem Absperrband durch. Er war der Einzige, der keinen Ausweis zeigen musste, ihn kannte jeder. Im Gegensatz zu Katja, die fluchend in ihrer Handtasche wühlte, während Niklas auf der anderen Seite des Bandes wartete und der Polizist ungeduldig seine Hand aufhielt. Der schätzungsweise Mitte Dreißigjährige trug eine Glatze und wirkte vom gesamten Auftreten eher wie ein Türsteher und nicht wie ein Polizeibeamter.

Endlich hatte sie ihren Ausweis gefunden und dem Schrank von einem Mann in die Hand gedrückt. Misstrauisch blickte er vom Foto zu Katja, dann nickte er und gab ihn ihr wieder. »Sind Sie dann so weit? Zeit ist Kaffee«, sagte Schröder und hob demonstrativ seinen Becher, um sich endlich einen Schluck seines geliebten Heißgetränkes einzuverleiben.

»Was haben wir denn hier?«, fragte er und blickte auf die Frau, die vor dem Wasserschacht kniete.

»Wie Sie sehen, eine Leiche.« Natürlich hatte man Schröder schon darüber in Kenntnis gesetzt, dass es sich um die Leiche einer jungen Frau handelte, die man einfach wie Abfall in einen Wasserschacht geworfen hatte. Das dunkle Wasser, das plötzlich in dem angrenzenden Wohnhaus aus den Wasserhähnen kam, sorgte dafür, dass man auf mehrere Beschwerden hin den Schacht geöffnet und die Tote entdeckt hatte. Man hatte die Frau inzwischen aus dem Tank geholt. Zu weiteren Untersuchungszwecken wurde ein Zelt darum aufgebaut, auch um die Ermittlungen durch neugierige Gaffer nicht zu stören. Die Sensationsgeilheit, die heutzutage gang und gäbe zu sein schien, ärgerte die Ermittler jeden Tag aufs Neue.

»Die junge Frau muss seit mehreren Tagen hier liegen. Wie lange genau kann ich noch nicht sagen, da sie mindestens schon vierundzwanzig Stunden lang tot gewesen zu sein schien.«

Er nickte nur nachdenklich. Eine Frage interessierte ihn noch brennend: »Hat man sie auch verstümmelt? Hat sie Initialen auf der Haut? Weiß man schon wer sie ist?«

»Ja und Nein«, antwortete sie und drehte die Leiche vorsichtig auf die Seite.

Und tatsächlich, auf der linken Schulter waren ebenfalls die Buchstaben »K.M.« in die Haut eingeritzt worden.

»Also ist es jetzt offiziell«, stellte er fest.

»Wir haben es mit einem Serientäter zu tun.« Dann blickte er Katja fragend an. »Wo ist eigentlich dein Kollege Thomas?«

»UNSER Kollege! Keine Ahnung, das weiß ich nicht, ich bin nicht sein Kindermädchen«, antwortete sie.

»Er hat es wohl nicht nötig, zu erscheinen«, murmelte er noch und nahm einen Schluck seines nicht mehr ganz so warmen Coffee-to-go.

»Wer hat die Leiche gefunden?«, fragte er nun an eine Polizistin gewandt, die in seiner Nähe stand.

»Der Vermieter dieses Blocks, unter anderem. Man hatte ihn gebeten, sich darum zu kümmern, dass man herausfand, warum schwarze Flüssigkeit aus den Hähnen kam und das Wasser soll laut Anwoneraussagen komisch geschmeckt haben. Daraufhin hat er dafür gesorgt, dass der Schacht freigelegt wurde, den man erst vor wenigen Wochen erneuert hatte, weil er glaubte, dass es was mit den Bauarbeiten zu tun hat.«

»Da hat er aber ein ganz feines Näschen bewiesen«, sagte er. »Und wo ist er jetzt?«, wollte er wissen.

Die Beamtin zeigte auf einen Punkt wenige Meter entfernt. Der Mann saß in einem Polizeiwagen und wurde befragt.

»Guten Morgen«, begrüßte er die Anwesenden. Sein Kollege nickte. »Herr…?« Er blickte den Polizisten fragend an.

»Schneider.«

»Danke, Herr Schneider, mein Name ist Schröder, Niklas Schröder. Ich ermittle in diesem Fall. Können Sie mir sagen, was passiert ist, beziehungsweise wie Sie auf die Leiche gestoßen sind?« Er nickte und seine Stimme wirkte dünn, als er sprach.

»Ich hatte jetzt schon einige Anwohnerbeschwerden wegen des Wassers. Deswegen habe ich den Grundwasserschacht, den man vor ein paar Wochen erneuert hatte, wieder freigelegt und geöffnet. Ich wollte selbst sehen, was die Ursache des Ganzen war, und da lag sie.«

Er nickte in Richtung Zelt. »Ich habe sofort die Polizei gerufen.«

»Kennen Sie die Tote? Haben Sie sie vorher schon einmal gesehen?«, fragte er. Der Angesprochene schüttelte den Kopf.

»Nein, tut mir leid. Mir ist auch nichts Ungewöhnliches aufgefallen.«

Dann wandte sich Niklas an den Beamten, der seiner Erinnerung nach Jan hieß und gerade erst geheiratet hatte. »Hast du seine Aussage aufgenommen? Adresse, Telefonnummer, alles notiert?«

Er nickte.

»Falls wir noch Fragen haben, melden wir uns bei Ihnen.« Dann wollte er gerade gehen, als ihm noch etwas einfiel. »Ach, genau, noch eine Frage – oder eher eine Bitte. Können Sie mir freundlicherweise eine Liste der

Mieter erstellen, die sich über das ungewöhnliche Wasser beschwert haben?«

Wieder nickte er, eher mechanisch, als dass er wirklich mitbekommen hatte, um was es ging. Schröder ging zurück zu seinen Kolleginnen.

Nachdem die ersten Spuren gesichert und die Leute befragt wurden und er vom Vermieter die Liste der Anwohner bekommen hatte, die den Wasservorfall gemeldet hatten, machte er sich gemeinsam mit Katja auf den Weg zurück zum Revier. Katja musste wieder fahren, denn Niklas besaß zwar einen gültigen Führerschein, saß aber lieber daneben und beschwerte sich über die beschissene Fahrweise von, in diesem Falle, Katja.

Kapitel 33

Als sie im Büro angelangt waren, stießen sie auf ihren vermissten Kollegen. »Na, haben wir ausgeschlafen, Herr Engel?« Verwundert blickte er seinen Chef an. »Sie brauchen mich gar nicht so anzuschauen. Sie sind der einzige, der sich zu fein dafür war, zum Tatort zu kommen.« Man merkte Schröder an, dass er sehr verärgert war.

»Ich wurde nicht informiert, Boss«, erklärte er und blickte Katja an.

»Das stimmt gar nicht, ich habe dich doch angerufen, dass du auch dorthin kommen sollst«, verteidigte sich Katja.

Doch er schüttelte unwissend den Kopf. »Das wüsste ich, wenn du mir das mitgeteilt hättest.« Sein Ton war angesäuert. Jetzt verstand sie gar nichts mehr, sie war sich sicher gewesen, dass sie eben mit ihm am Telefon gesprochen hatte. Und jetzt? Jetzt tat er, als wüsste er von gar nichts. »Wir haben heute noch gar nicht miteinander gesprochen«, behauptete er.

»Es ist mir egal, wer was angeblich nicht gesagt hat. Kommt das noch einmal vor, könnt ihr euch auf was gefasst machen. Wir sind ein Team und sollten auch als solches arbeiten. Ich will hier keine Vorwürfe hören. Kommt miteinander aus.«

Beide blickten beschämt zu Boden und nickten. Sie wussten, wenn Schröder sauer war, stimmte man ihm einfach nur zu. Das war gesünder für alle. »Gut«, sagte er nun in freundlicherem Tonfall. »Katja, du gehst die Aussagen der Anwohner durch und sagst mir Bescheid, wenn dir etwas auffällt. Und du«, er blickte Thomas durchdringend an, »gehst bitte die Aussagen der Zeugen des anderen toten Mädchens noch einmal durch und findest heraus, ob es außer dem

Aussehen noch andere Zusammenhänge zwischen den beiden Opfern gibt.« Er nickte. Zufrieden zeigte Schröder etwas, was er selten zeigte; er lächelte. Zwar nur kurz, aber er lächelte.

Katja ging verärgert zu ihrem Schreibtisch und machte sich sofort an die Arbeit. Engel brauchte heute gar nicht auf die Idee kommen, überhaupt ein Wort mit ihr zu wechseln, aber sie merkte schnell, dass es so weit nicht kommen sollte, denn er tauchte nicht im Büro auf. Sie beschloss sich darüber nicht zu wundern, denn sie war ja dabei gewesen, als er ihnen die Anweisungen gegeben hatte. Immer und immer wieder ging sie die Aussagen durch, hatte sich sogar einen Block danebengelegt, um sich Auffälligkeiten zu vermerken. Doch bis auf die Tatsache, dass alle Einwohner angaben, dass das Wasser in letzter Zeit anfangs immer schwarz aus dem Wasserhahn kam und das Ganze gerade angefangen hatte, nachdem man die Leitungen und den Wasserschacht erneuert hatte, gab es nichts Auffälliges.

Das war jetzt knapp drei Wochen her. Von den DNA-Ergebnissen erhoffte sie sich kaum etwas. Denn sie wusste, dass Wasser Gift für jeden Forensiker war. Sie war froh, wenn man auch nur ein fremdes Haar fand. Sie seufzte, denn an diesem Abend würde sie mal wieder länger bleiben müssen.

Kapitel 34

Mit den Stöpseln in den Ohren war sie unterwegs zum Jugendtreff. Fast jeden Nachmittag traf sie sich dort mit ihren Freundinnen, hauptsächlich, um irgendwelche Jungs zu beobachten, die sie gerade toll fanden, die sie sich aber nie trauten, anzusprechen und welche sich fast wöchentlich änderten, manchmal sogar täglich. Meist dann, wenn sie sich entweder plötzlich mit irgendeiner dahergelaufenen Tussi blicken ließen oder sie irgendein Verhalten an den Tag legten, das sie schlichtweg kindisch fanden. Ob der süße Typ mit den dunklen Augen und den leicht abstehenden Ohren heute wohl auch da sein würde? Sie hoffte es, obwohl Irena, ihre beste Freundin, diesen mittlerweile auch ganz toll fand. *Blöde* Ziege, dachte sie in ihrer Eifersucht, denn bei den Jungs hörte bei Ihr die Freundschaft auf. Die soll ja die Finger von ihm lassen. Ben hieß er, so viel hatte sie bereits herausgefunden.

Er war nicht da. Enttäuscht setzte sie sich in eines der gemütlichen grünen Ohrensessel, die mitten im Raum standen. Man hatte sich bei der Gestaltung der drei Räume, die für den Jugendtreff zur Verfügung standen, sehr viel Mühe gegeben. Die Wände waren in freundlichen Orange- und Grüntönen gehalten. An einer Wand hatten sich, infolge eines Projektes, einige Graffitikünstler ausgetobt. Die Möbel waren gemütlich und ergonomisch. Es gab sogar, wenn man zur Tür hereinkam auf der linken Seite, eine kleine Küche, in der man gemeinsam mit den Betreuern kochen konnte. Außerdem gab es eine Anlage und einen Billardtisch. Das Mädchen war gerne hier. Auch die Betreuer waren nett. Alles Freiwillige, die das nebenberuflich machten.

»Schaaaatz!«, quietschte es plötzlich neben ihr und jemand schmiss sich im wahrsten Sinne des Wortes an sie heran.

»Hi, Mel«, begrüßte sie ihre beste Freundin.

»Er ist nicht da«, sagte die und zog einen Schmollmund.

»Ich weiß«, antwortete sie und blickte Melanie von oben bis unten an. Heute hatte sie es ein wenig übertrieben. Sie war nach der Schule noch einmal nach Hause gegangen und hatte ihr Long-Shirt gegen ein bauchfreies Top und eine lange Jeans gegen Hotpants getauscht. Die Haare waren frisch gestylt und geschminkt war sie nun auch.

»Und SO haben deine Eltern dich auf die Straße gelassen?«

Melanies strahlendes Lächeln verschwand.

»Tja, ich kann so etwas nun mal tragen, Specki. Außerdem sind meine Alten gar nicht da.«

Sie musste zugeben, sie hatte Recht, sie konnte es tragen. Aber die beiden Mädchen unterschieden sich kaum von der Figur, weshalb sie dieses Wort ein wenig traf. Es schmerzte auch, mit welchen Mitteln sie versuchte, ihn zu beeindrucken. Allmählich war sie froh, dass er heute nicht da war. Sie blickte an sich herunter. Sie hatte immer noch das an, was sie heute Morgen für die Schule angezogen hatte. Eine dunkelblaue Highwear Jeans und ein weißes Top mit Spitze. Doch im Gegensatz zu ihrer Freundin wirkte sie wie ein Mauerblümchen. Und das stimmte auch irgendwie. Sie hatte mit ihren siebzehn Jahren noch keinen Sex gehabt, noch nicht mal einen Kuss hatte sie bisher von einem Jungen bekommen, was ihrer Schüchternheit zu verschulden war.

»Na, alles klar bei euch?«, fragte sie einer der Betreuer. Er war noch nicht lange da, und deswegen hatte sie sich seinen Namen bisher nicht einprägen können. Sie schätzte ihn auf etwa vierzig.

»Ja, klar«, flötete ihre Freundin neben ihr.

Das kann doch nicht wahr sein. Jetzt fängt die auch noch an, mit ihm zu flirten. Er achtete nicht auf sie und blickte Irena weiter unvermittelt an, bis diese schließlich nickte und »Ja, natürlich« vor sich hinmurmelte.

»Wissen Sie, ob Ben und seine Freunde heute kommen?«, wollte Melanie wissen und blinzelte ihn an.

Irgendetwas war komisch an der Art, wie er diese Frage beantwortete. »Nein, sie kommen heute nicht. Die haben heute irgendeinen Wettkampf mit der Kampfsportgruppe. Warum?«

Melanie hatte den leicht verärgerten Unterton in seiner Stimme nicht bemerkt und sagte: »Irena steht auf Ben.« Dann kicherte sie.

Blöde Kuh, dachte Irena und hieb ihr den Ellenbogen in die Seite.

»Ah ja«, bemerkte er nur und schaute Irena immer noch an. Sein Blick gefiel ihr gar nicht. Sie konnte nur nicht wirklich sagen, wieso.

Es war später Nachmittag, als die Letzten den Club verließen, unter ihnen die zwei Mädchen.

»Wirst du geholt oder läufst du?«, fragte Mel ihre Freundin.

»Ich laufe«, entgegnete sie ihr.

»Wir können dich auch mitnehmen, meine Ma holt mich ab.«

Irena schüttelte den Kopf. Sie wollte laufen, dabei konnte sie immer sehr gut nachdenken, vor allem mit den Stimmen ihrer Lieblingsband im Ohr.

»Wenn du meinst«, sagte sie nur. Dann hupte ein Auto, ungeduldig winkte die Fahrerin dem Mädchen zu. Es war Melanies Mutter. »Ja, ja, ist ja schon gut. Ich muss dann.« Sie umarmte ihre Freundin. »Rufst du mich nachher an?«, wollte sie noch wissen, bevor sie sich endgültig auf den Weg machte.

Irena nickte »Na, aber sicher.«

Sie wartete, bis die beiden nicht mehr zu sehen waren, und wollte gerade los, als plötzlich etwas über ihren Kopf gezogen wurde.

Kapitel 35

Sie saß gerade im Büro und machte den allseits unbelieb-
ten Papierkram, vor dem man auch als Kommissarin
nicht verschont blieb, als Schröder hereinkam.

»Kommen Sie voran?«

Sie nickte stumm, ohne von ihrer Arbeit aufzusehen.

»Haben Sie mit der Mutter gesprochen?«, fragte er.

»Ja«, sagte sie.

»Und, was ist dabei herausgekommen?«

Er klang ein bisschen genervt. Sie war sich nicht sicher, ob es daran lag, dass sie eine weitere Leiche gefunden hatten oder, dass sie ihn nicht von sich aus mit den
neusten Informationen versorgte.

»Nichts«, antwortete sie knapp.

»Wie, nichts?«

»Ich habe sie nochmal vorgeladen. Sie war betrunken,
als ich mit ihr gesprochen habe.«

Er nickte.

Es klopfte, beide Köpfe fuhren herum.

Thomas steckte seinen Kopf ins Zimmer.

»Ah, Katja, hier steckst du«, sagte er erleichtert.

Ja, wo denn sonst, dachte sie, wagte es aber nicht, es laut auszusprechen. »Was gibt es denn?«, wollte sie stattdessen wissen.

»Katja, diese Journalistin hat angerufen, schon wieder. Soll ich ihr beim nächsten Mal etwas ausrichten?«

Irritiert blickte sie ihn an. »Welche Journalistin?«

»Na, diese, wie hieß sie noch gleich, Winter? Sommer?«

»Nina Sommer?«

Er nickte.

»Und was will die?« Sie konnte sich keinen Reim darauf machen, was diese Frau von ihr wollte.

»Was weiß denn ich, sie meinte, du wüsstest schon, wieso«, erklärte er genervt. »Ich bin eigentlich auch nicht deine Sekretärin.« Dann war er wieder verschwunden.

»Katja, was will diese Reporterin von Ihnen?« Niklas blickte sie mit einer Mischung aus Neugier und Misstrauen an. Sie wusste, was er dachte.

»Ich weiß es doch nicht«, erklärte sie. »Ich bin genauso ratlos wie Sie.«

»Wenn Sie nochmal mit der Mutter gesprochen haben, geben Sie mir bitte Bescheid, für wann haben Sie sie vorgeladen?«

»Mittwoch, um zehn.« Sie machte sich wieder an die Arbeit. Der Eingang einer E-Mail riss sie von den Unterlagen. Die war doch bestimmt von Schröder, mit einer Liste von Dingen, die sie noch abarbeiten musste, allem voran der Aufgabe, ihm einen Kaffee bringen. Er würde sich irgendwann noch in den Tod trinken mit seiner Koffeinsucht. Sie öffnete ihr E-Mail-Postfach und war erstaunt, als Absender nicht den Namen von Schröder, sondern den einer ganz anderen Person zu lesen: Nina Sommer. *Was will die denn?* Neugierig öffnete sie die Nachricht und erstarrte.

Liebe Katja,
ich bedanke mich für deine Kooperation. Ich konnte dich leider nicht erreichen und habe mich an deine Bitte gehalten, deinem Kollegen nicht zu sagen, um was es hier geht. Ich freue mich auch, in Zukunft mit dir zusammenarbeiten zu dürfen.
Liebe Grüße
Nina

Lautlos hatte sie beim Lesen der kurzen Mail die Lippen bewegt. *Was zum …?* Weiter kam sie nicht, da wurde auch schon die Bürotür aufgerissen. Schröder stand mit hochrotem Kopf vor ihr. Sie wusste, warum, denn die Mitteilung war nicht nur an sie, sondern an jeden geschickt worden, der sich im Verteiler-Fach des Reviers befand.

»Was haben Sie sich dabei gedacht?«, spuckte Schröder ihr die Worte förmlich vor die Füße. »Das ist unter aller Sau!«

164

»Ich…« Sie wollte gerade etwas sagen, da schnitt er ihr auch schon das Wort ab. »Ihre lahmen Ausreden interessieren mich nicht im Geringsten. Sie wissen genauso gut wie jeder andere hier auf dem Revier, dass Informationen über laufende Ermittlungsarbeiten nicht an die Öffentlichkeit getragen werden, besonders solche, die nicht abgesprochen sind, und wenn doch, dann nicht von Ihnen, sondern von unserem Pressesprecher!«

»Niklas, aber ich…«, versuchte sie es erneut. Er war in Rage und das konnte sie auch nachvollziehen. Es sah danach aus, als wäre sie diejenige gewesen, die mit der Zeitung gesprochen und ihr Details zu dem Fall gesteckt hatte, die gar nicht erwähnt werden durften. »Ich möchte Sie bitten, das Büro jetzt zu verlassen. Ich will Sie hier nicht mehr sehen.«

»Aber das können Sie doch nicht …«

Wieder unterbrach er sie mitten im Satz. »Was kann ich nicht?«, fragte er »Sie suspendieren? Und ob ich das kann. Der Polizeichef weiß Bescheid. Sie werden sich verantworten müssen. Sie werden von der Dienstaufsichtsbehörde vorgeladen werden.«

Katja schwieg. Sie konnte noch hunderte Male versuchen, ihm zu erklären, dass das alles ein riesiges Missverständnis war und ihr jemand die ganze Sache anhängen wollte. Doch wie wollte sie das Beweisen? Sie musste mit dieser Nina sprechen und sie fragen, was dieser Scheiß sollte. Den Tränen nahe stand sie auf und nahm ihre Jacke.

»Von mir aus.«

Dann rannte sie an ihm vorbei, raus aus dem Raum, an ihren Kollegen und Kolleginnen vorbei, die sie mit neugierigen Blicken anstarrten.

Manche schüttelten entsetzt den Kopf. In ihr drehte sich alles. Sie versuchte zu realisieren, was da gerade passiert war. Wer wollte ihr das anhängen, und vor allem wieso?

Kapitel 36

Wieder nur die Mailbox. Schon zum gefühlt hundertsten Mal versuchte Nina ihn zu erreichen. Sie hatte gehört, dass es wohl einen erneuten Leichenfund gab. Sie brauchte Details. Doch er reagierte weder auf ihre Nachrichten, noch ging er an sein Handy. Sie wusste aber, wo sie ihn finden würde, und machte sich deshalb auf den Weg zum Leipziger Polizeigebäude. Dort angekommen, sah sie schon seinen Wagen stehen. *Perfekt*, dachte sie. Sie eilte zu den Eingangstüren und fragte an der Anmeldung nach ihm.

»Kleinen Augenblick«, bat die etwas dickliche, ältere Frau hinter der Glasscheibe. Sie trug eine rot gerahmte Brille mit dicken Gläsern und in ihrem, für Ninas Geschmack, zu stark geschminkten Gesicht zeichneten sich tiefe Falten ab. Sie wirkte wie eine Schildkröte, als sie nach dem Telefon neben sich griff und eine Nummer eintippte. »Ja, hier ist eine junge Frau für Sie«, sagte sie mit kratziger Stimme. Dann wandte sie sich wieder an Nina. »Wie heißen Sie noch gleich?«

»Sommer, Nina Sommer«, gab sie zur Antwort.

Die Empfangsdame gab es an den Angerufenen weiter. »Verstehe«, entgegnete sie und legte auf. »Er sagt, er weiß nichts von Ihnen und hat auch keine Zeit.«

»Bitte, was?«

Na warte, dachte sie und starrte die Schildkröte an.

»Ist sonst noch etwas? Sie sind nicht die Einzige, die hier was möchte.« Die Frau deutete auf die kleine Schlange, die sich hinter ihr gebildet hatte. Heftig schüttelte sie den Kopf und verließ das Gebäude. Ihr Cousin hatte ihr einmal beigebracht, wie man Autotüren aufbrechen konnte. Über dieses erlernte Wissen war sie jetzt froh. Thomas stand zum Glück mit seinem Wagen so, dass sie unbemerkt handeln konnte, und er hatte zudem ein älteres Modell, da würde es weniger schwierig sein als bei einem Neuwagen.

Wenige Minuten später hatte sie sich auf der Rückbank der alten Gurke zusammengekauert und wartete. Sie würde die ganze Nacht warten, wenn es sein musste. Es war vielleicht eine halbe Stunde vergangen, als er endlich kam. Er sah gehetzt aus, als er zu seinem Wagen eilte. Er hatte gerade die Tür des Wagens hinter sich geschlossen, als die junge Frau sich aufsetzte.

»Hallo Thomas«, sagte sie kühl.

Erschrocken fuhr er herum.

»Nina, was machst du denn hier?«, wollte er wissen, verärgert und überrascht zugleich. »Dich besuchen. Du reagierst ja nicht, wenn ich dich versuche zu erreichen.«

»Was willst du von mir?« Von der Unsicherheit, die bei den letzten Malen in seiner Stimme geherrscht hatte, war jetzt keine Spur mehr. »Ich habe mich aus gutem Grund nicht bei dir gemeldet, du Psychopathin«, fauchte er.

»Der da wäre?«, fragte sie.

»Man hat herausgefunden, dass jemand etwas der Presse gesteckt hat.« Er blickte sie durchdringend an.

»Das ist nicht mein Problem«, erklärte sie. »Ich habe dich schließlich nicht zum Reden gezwungen.«

»Was willst du hier?«, fragte er erneut, ohne auf den Kommentar einzugehen.

»Neue Informationen«, erklärte sie ungeniert.

»Du spinnst doch. Unter Garantie nicht.« Er zeigte ihr den Vogel.

»Und ob.« Sie lächelte diabolisch. »Ansonsten erfahren deine lieben Kollegen, dass du ein Plappermaul bist.« Sie beobachtete sein Gesicht, versuchte herauszufinden, ob ihn das durcheinanderbrachte. Doch nichts, keine Spur.

»Mach dir darüber mal keine Gedanken, Mäuschen. Das habe ich schon geklärt. Du solltest wirklich vorsichtiger sein, wo du deine Passwörter rumliegen lässt.«

Verwirrt blickte sie ihn an. »Wie bitte?«

Er zog sein Portemonnaie aus seiner Hosentasche und fischte einen kleinen zusammengefalteten Zettel daraus hervor. »Der«, erklärte er, »lag auf deinem Schreibtisch.

Ich wusste doch, was du vorhattest, also hab ich den sicherheitshalber mitgenommen.«

Sie verstand immer noch nicht, was er ihr damit mitteilen wollte. Er seufzte. »Ich habe meiner Kollegin eine E-Mail in deinem Namen geschrieben. Das Passwort für deinen E-Mail Account hatte ich von diesem Zettel.« Er wedelte damit vor ihrer Nase. Die Karten hatten sich neu gemischt. Jetzt war er es, der am längeren Hebel saß. »Dir würde jetzt eh keiner mehr glauben, da du ja eindeutig Katja als deine Quelle angegeben hast«, lächelte er. »Also?« Er blickte sie fragend an.

»Was also?«

»Verschwindest du jetzt endlich aus meinem Wagen?«

»Nein.«

Einige Sekunden lang herrschte Stille. Sie konnte den Wagen nicht ohne Informationen verlassen. Es war eine riesige Chance, die ihr durch die Lappen gehen würde. Sie dachte gar nicht daran, jetzt aufzugeben.

»Ach, komm schon«, säuselte sie und strich über seinen Arm.

Er blickte sie angewidert an.

»Verschwinde!« Zorn schwang in seiner Stimme mit.

»Wenn du meinst. Dann such ich mir jemand anderen, von dem ich die Informationen bekomme«, sagte sie leicht trotzig und stieg aus.

Er kurbelte das Fenster herunter und grinste breit. »Viel Glück dabei. Ich glaube nicht, dass sich das nach der Ansage des Chefs noch irgendwer traut.« Damit ließ er sie vor der Wache stehen.

Kapitel 37

Er musste vorsichtiger sein. Zwei Mädchen waren tot. Freilassen konnte er sie auch nicht. Er ahnte, dass eine weitere von ihnen dasselbe Schicksal ereilen würde. Er musste sie besser ‚entsorgen'. Und er hatte auch schon einen Plan, wie er das anstellen sollte. In solchen Momenten war er froh, dass er nicht direkt in der Stadt wohnte. Aber noch lebte sie. Er war eben erst wieder bei ihr gewesen. Er besuchte sie nur noch selten, seit er Franziska wiedergefunden hatte. Dennoch konnte er nicht widerstehen. Sie lag einfach nur da, wenn er sich ihren Körper nahm. Sie ließ ihn gewähren, wehrte sich nicht. Das war gut. Doch er konnte nicht ignorieren, dass sie immer dünner wurde. Es würde nicht mehr lange dauern, das wusste er. In diesem Stadium hatten die anderen Mädchen noch gerade mal zwei Wochen gelebt. Er wusste, er musste diese Opfer bringen. Sie hatten ihn schließlich wieder zu ihr geführt, zu seiner kleinen Franzi. Sie war älter geworden. Schon fast zu alt für seinen Geschmack. Aber bei ihr war das egal. Ihr Haar roch noch genauso wie früher. Bei dem Gedanken an sie regte sich wieder etwas in seiner Hose. Er war mittlerweile wieder auf dem Weg zu ihr in das Gebäude, das er sich für seine Schönheiten rausgesucht hatte.

In einem riesigen Kellerkonstrukt hatte er für jedes Mädchen einen Raum so hergerichtet, dass niemand in irgendeiner Art würde flüchten können. Die Türen hatte er noch einmal zusätzlich gesichert. Das Material, das er für seine Vorbereitungen benötigt hatte, hatte er sich in der Tschechei besorgt.

Kapitel 38

Manchmal hatte sie das Gefühl, Busfahrer seien Sadisten. Sie konnte sich nicht erklären, wie man eine dem Bus hinterherrennende, mit den Armen rudernde und wild gestikulierende Frau NICHT sehen konnte. Doch scheinbar taten sie es doch, oder, und das befürchtete sie am ehesten, sie wollten sie nicht sehen. Außer Atem erreichte Nina die Haltestelle. »So eine verdammte Scheiße!«, keuchte sie und erntete bemitleidende Blicke von umstehenden Passanten. Erschöpft setzte sie sich auf eine nicht von irgendwelchen Rowdies zerstörte Bank und versuchte, wieder Sauerstoff in die Lunge zu bekommen. *Ich muss dringend damit anfangen, Sport zu machen*, dachte sie, und entschied sich, nicht auf den nächsten Bus zu warten, sondern bis zu dem Wohnblock zu laufen.

Es war mittlerweile dunkel geworden, als sie bei dem Park in der Nähe der Wohnsiedlung ankam. Er war eine kleine Idylle in der sonst so belebten Stadt. Sie sah den Transporter erst, als sie schon fast davor stand, so dunkel war er. Er fiel nicht besonders auf; in schlichtem Schwarz gehalten sah er aus wie jeder andere seiner Art.

Doch etwas störte sie an dem Fahrzeug, sie konnte nicht sagen, was es war. Sie hatte auch nicht wirklich Gelegenheit herauszufinden, was genau der Störfaktor gewesen sein konnte, denn plötzlich wurde ihr ein Tuch vor die Nase gepresst und sie nahm nur noch einen beißenden Geruch wahr.

***

Ihr Kopf dröhnte, als sie erwachte. Um sie herum herrschte drückende Dunkelheit. Was war geschehen? Sie erinnerte sich daran, dass sie unterwegs nach Hause gewesen war. Und dann? Was war genau geschehen? Das Bild eines schwarzen Kleintransporters kam ihr in den Sinn. Natürlich. Kurz danach war sie entführt worden. Denn sie befand sich definitiv nicht mehr in der Wohngegend, in der sie lebte. Der Kälte und Dunkelheit nach zu urteilen, war sie in einem Keller. Sie horchte, doch die Stille war genauso schrecklich.

»Hallo?«, krächzte sie, doch es antwortete niemand. Sie war allein und schloss die Augen. Es war Quatsch, aber wenn sie die Augen schloss, war die Finsternis erträglicher. Ein bisschen wenigstens. Sie wusste nicht, wie lange sie schon dasaß, als sie ein Geräusch vernahm. Es kam von der Tür. Jemand betätigte sich an dem Schloss. Dann fiel der helle Strahl einer Taschenlampe auf ihr Gesicht. Sie schirmte ihre Augen ab, konnte aber außer dem Lichtkegel nichts ausmachen. Den Menschen dahinter konnte sie nur schemenhaft erkennen. Er schwieg. Sie hörte, dass er etwas abstellte.

Es klang nach etwas Metallenem, vielleicht ein Eimer? Und noch etwas, sie konnte noch erkennen, dass es sich wohl um eine Flasche Wasser handelte, dann verließ er den Raum auch schon wieder, die Lichtquelle nahm er mit sich. Wenige Sekunden später war sie auch schon wieder allein. Allein mit sich und der Angst und der Dunkelheit, die sich in ihre Seele fraß.

Kapitel 39

Katja hatte die gesamte Nacht wachgelegen. Sie musste unbedingt beweisen, dass sie nichts mit dieser Nina am Hut hatte. Man hatte bis auf diese E-Mail, die in ihren Augen nichtssagend war, nichts, was darauf hätte schließen können, dass sie irgendwelche Informationen an irgendeine dahergelaufene Journalistin gegeben hatte. Aber man hatte es sich einfach gemacht. Man brauchte einen Schuldigen, denn man musste verhindern, dass die Ermittlungen durch jemanden behindert wurden. Sie hatte mit sich gerungen, sich dann aber doch dazu entschlossen, sich an ebendiese zu wenden; an die Frau, wegen der sie jetzt nicht mehr an den Ermittlungen teilhaben durfte. Sie wusste nicht, welche Mächte es ihr schwer zu machen versuchten. Schon zwanzig Mal hatte sie versucht, diese Frau an ihr Telefon zu bekommen, doch leider erfolglos. Das Handy schien ausgeschaltet zu sein. Sie seufzte, doch dann fiel ihr ein, dass sie etwas im Büro vergessen hatte und sie beschloss, es zu holen. Der Gedanke, einem Kollegen zu begegnen, ließ Übelkeit in ihr aufsteigen. Was sollte sie sagen, wenn sie jemand auf die Vorwürfe ansprach? Jeder halbwegs vernünftige

Mensch wusste, dass sie nicht die undichte Stelle gewesen sein konnte. Sie stieg in ihr kleines Auto und kämpfte sich durch den Stau zum Präsidium. Dann versuchte sie einen Parkplatz zu finden und versicherte sich mehrmals, dass sie auch ja nicht im Halteverbot stand. Ein Knöllchen war das Letzte, was sie jetzt noch brauchte. Mit den Parkplätzen war es wie in jeder Stadt. Irgendwie waren immer zu wenig da, und wenn welche da waren, war das Parken meist teuer oder begrenzt. Sie eilte über die Straße.

Dabei übersah sie ein Auto, das mit quietschenden Reifen und penetrant hupend abbremsen musste. Der Fahrer gestikulierte wild, und sie konnte nur vermuten, welche Flüche und Verwünschungen er ihr durch die geschlossene Scheibe entgegenschmetterte. Dann ließ er die Scheibe seines protzigen Mercedes runter und brüllte ihr entgegen: »Haben Sie denn keine Augen im Kopf? Sie behinderte Fotze!« Sie hob entschuldigend die Hände. Der junge Mann ließ kopfschüttelnd das Fenster wieder hoch und brauste davon.

Lackaffe!, dachte sie und war wieder mal enttäuscht über die respektlose Ausdrucksweise, die bei den jungen Leuten heutzutage scheinbar gang und gäbe waren. Doch sie hatte jetzt wirklich andere Probleme, als sich über die Worte eines solchen Autofahrers zu ärgern. Normalerweise hätte sie ihm den passenden Gegenspruch geliefert.

Normalerweise.

Sie hatte Glück, auf dem Weg in ihr Büro begegnete sie kaum jemandem, und die, die ihr entgegenkamen, nahmen keinerlei Notiz von ihr. Manchmal war der Fortschritt der Zeit doch zum Vorteil, jetzt, da alle mit ihren Blicken kaum von ihren Smartphones aufsahen. So entging sie wenigstens lästigen Fragen. Vorsichtig öffnete sie die Tür. Keiner war da. Hoffentlich war das nicht ein Zeichen dafür, dass man noch jemanden gefunden hatte.

Wo hab ich sie denn nur hingestellt? Sie konnte ihre Handtasche, die sie gestern in der Eile vergessen hatte, nirgends finden. Während ihrer verzweifelten Suche fiel ihr Blick auf Thomas' Schreibtisch. Irritiert hielt sie inne und starrte den leeren Platz an. Dass ihr Kollege nicht an seinem PC saß, war an und für sich nichts Ungewöhnliches. Das konnte viele Gründe haben. Aber der Platz neben dem Computer war so sauber und aufgeräumt, als würde er auf einen neuen Mitarbeiter warten. Sie überlegte, ob sie es riskieren sollte, sich an die Kantinenchefin ihrer Cafeteria zu wenden, um herauszufinden, ob etwas passiert war. Denn in den Jahren, die sie Thomas Engel jetzt bereits kannte, war es noch nie der Fall gewesen, dass der Arbeitsplatz ordentlich gewesen war. Im Gegenteil, sein Spitzname im Büro war ‚Schlampe‘. Er lächelte dann immer nur und sagte, das Genie beherrsche das Chaos. Und tatsächlich. Er fand sich in seinem

Urwald aus Blättern und Notizen nur dann zurecht, wenn der Schreibtisch einer Müllkippe glich. Einmal hatte Katja den Fehler begangen, das Chaos zu beseitigen. Er hatte nichts mehr gefunden. Sie konnte sich schließlich nicht dazu durchringen, das Risiko einzugehen, noch weiteren Personen zu begegnen, also wollte sie bei ihm vorbei schauen.

Kapitel 40

Aufgebracht stürmte der ältere Mann in das Gebäude. »Ich muss jemanden als vermisst melden«, sagte er außer Atem an die Frau hinter dem Empfang gewandt. »Einen Augenblick«, sagte die Frau, die gerade mit jemandem zu telefonieren schien. Ungeduldig trat er von einem Fuß auf den anderen. Jede Sekunde, die sie warteten, könnte die letzte sein. Er wusste von einer Bekannten, dass die Polizei bei Erwachsenen erst nach zirka achtundvierzig Stunden reagieren durfte oder konnte. Denn wenn die Leute erwachsen waren, durften sie sich aufhalten, wo sie wollten, ohne irgendjemandem Rechenschaft schuldig zu sein. Anders war es bei Leuten, die dringend Medikamente brauchten oder generell hilfsbedürftig waren; bei denen man also davon ausgehen konnte, dass diese Person sich nicht dazu entschlossen hatte, einfach abzuhauen.

»So, guten Tag. Was kann ich denn für Sie tun?«, fragte die Frau, und man merkte ihr an, dass sie ihn lästig wie eine Zecke fand.

»Ich möchte meine Tochter vermisst melden.«

»Seit wann ist sie denn verschwunden?«, fragte sie.

»Seit etwa drei Tagen«, erklärte er knapp.

»Wie ist denn Ihr Name?«

»Maurice Sommer.«

»Warten Sie kurz, setzen Sie sich bitte in den Wartebereich.« Dann wählte sie eine Nummer. Er setzte sich derweil auf einen der ungemütlichen orangenen Plastikstühle.

Es dauerte nicht lange, bis ein Mann mittleren Alters die Tür öffnete, die sich angrenzend zum Wartebereich befand.

»Herr Sommer?«

Er nickte.

»Kommen Sie bitte mit mir mit.«

Er folgte dem zirka einsachtzig großen Riesen, neben dem er sich mit seinem einen Meter achtundsechzig wie ein Zwerg vorkam. Sie gingen in ein großes Büro. Der Mann nahm hinter einem Schreibtisch Platz und deutete dem Hilfesuchenden, sich zu setzen. Er klappte den Laptop zu, den er neben dem großen Computerbildschirm stehen hatte, und wartete, bis sich der Mann gesetzt hatte.

»Sie wollen also eine Vermisstenanzeige aufgeben?«, fragte er das Offensichtliche.

»Ja, meine Tochter ist verschwunden«, erläuterte er heute schon der zweiten Person.

»Seit wann ist denn Ihre Tochter verschwunden, Herr Sommer?«

»Seit drei Tagen.«

»Ist sie denn schon des Öfteren verschwunden oder hat sich länger nicht bei Ihnen gemeldet?«, wollte der Beamte wissen.

»Nein, das würde sie nie machen. Wir haben ein sehr gutes Verhältnis zueinander und sie geht immer an ihr Handy, wenn ich sie anrufe. Diesmal nicht.«

»Hatten Sie Streit, Sie und Ihre Tochter?«

Der Mann schüttelte den Kopf. »Nein, wir hatten keinen Streit.«

»Wann haben Sie das letzte Mal etwas von ihr gehört oder sie gesehen?«, fragte er.

Herr Sommer überlegte kurz. »Das müsste vor knapp einer Woche gewesen sein, wir hatten uns zum Frühstücken verabredet. Aber wie gesagt, seit ein paar Tagen versuche ich sie zu erreichen, aber sie reagiert weder auf Nachrichten, noch auf Anrufe.«

Der Mann hinter dem Schreibtisch nickte nur kurz.

»Könnte sie vielleicht bei einer Freundin sein oder hat sie vielleicht einen Freund, von dem Sie nichts wissen sollen?«

»Das kann nicht sein, ihr Ex-Freund hatte vor einiger Zeit Schluss mit ihr gemacht. Und sie hat niemanden, zu dem sie gehen könnte. Sie lebt für ihren Beruf.«

»Was macht sie den beruflich?«

»Sie arbeitet als Journalistin beim Leipziger Tageskurier.«

»Könnte sie vielleicht auf einer Art Rechercherereise sein?« Während er die Frage stellte, machte er sich immer wieder Notizen auf einem Formular, das er vor sich auf dem Tisch liegen hatte. »Haben Sie mal bei ihrem Arbeitgeber nachgefragt, ob die vielleicht wissen, wo Ihre Tochter ist?«

»Ja, habe ich. Und nicht nur die, ich habe jeden gefragt, der mit meiner Tochter zu tun hatte, sogar bei ihrem Ex-Freund, diesem Taugenichts, war ich gewesen, aber keiner hatte in den letzten Tagen mit ihr gesprochen.«

»Können Sie mir beschreiben, wie Ihre Tochter aussieht? Haben Sie vielleicht auch ein Foto von ihr?«

Er nickte. Dann kramte er in seiner Brusttasche. Auf dem Foto war eine junge Frau abgebildet, die fröhlich in die Kamera lächelte. Er kannte diese Frau, weswegen er keinen genaueren Blick auf das Bild werfen musste, um ihr äußerliches Erscheinungsbild auf dem Formular wiederzugeben.

»Eine Frage noch, könnten Sie mir bitte die Adresse des Exfreundes geben? Ginge das?«

»Ja, er wohnt in einem Wohnblock. Ziegeleistraße 11a war das. Sein Name ist Bastian …«

Kapitel 41

Es knarrt, so als ob sich die Tür zum Schlafzimmer öffnet, in dem ich mich befinde. Mein Körper versucht mich zum Weiterschlafen zu zwingen, doch mein Unterbewusstsein setzt sich letzten Endes durch. Ich quäle mich aus dem Bettzeug und versuche auf wackeligen Beinen die Klinke der Tür zu ergreifen, hinter der ich das Geräusch vermute. Langsam drücke ich den Griff nach unten, meine Augen sind noch immer schwer, doch die Neugier hat mich gepackt. Ich öffne also die Tür, woraufhin gleich der Bewegungsmelder im Korridor die Deckenbeleuchtung aktiviert.

Ich versuche, keinerlei Geräusche von mir zugeben, denn ich will den Eindringling auf frischer Tat ertappen. Auf der alten Kommode liegt immer noch der Brieföffner, den ich mir nehme. Vielleicht wird er ja gleich zum Einsatz kommen. Die nächsten beiden Räume zu meiner Linken und Rechten sind düster und werden nur schwach vom Licht des Korridors angeleuchtet. Die schemenhaften Umrisse der Gegenstände sind beinahe beängstigend.

Es ist so weit, nur noch eine Tür befindet sich vor mir, bevor die Wohnung zu Ende ist. Und diese Tür ist geschlossen. Ich bin mir nicht sicher, ob ich diese vorhin selbst zugemacht habe. Behutsam nehme ich die Klinke der Tür in die Hand, fest entschlossen und auf alles vorbereitet.

Ich öffne nun die Tür, erst einen Spalt und dann ganz. Nichts kann mich noch schocken. Das Wohnzimmer ist der wohl einzige Raum, in dem der Bewegungsmelder den Geist aufgegeben hat. Ich taste nach dem Lichtschalter, welcher sich gleich neben dem Rahmen der Tür befindet, und drücke den Taster. In diesem Moment ist auch dieser Raum hell erleuchtet. Noch immer habe ich den Brieföffner in der linken Hand, jederzeit bereit, diesen einzusetzen. Ich gehe langsam durch das Zimmer. Immer wieder werfe ich einen Blick nach hinten, aber ich entdecke nichts. Nachdem ich auch hier keine Gefahr erkennen kann, gehe ich wieder zurück in Richtung Schlafzimmer, um mich wieder schlafen zu legen. Es muss wohl ein Alptraum gewesen sein, oder?

Den Rest der Nacht bekomme ich kein Auge mehr zu. Ein Blick auf den Funkwecker auf dem Nachtschrank verrät, dass es schon fünf Uhr morgens ist. Noch eine Stunde, nun lohnt es sich erst recht nicht mehr zu schlafen. Ich rapple mich auf und begebe mich in die Stube an meinen Laptop. Mal sehen, was sie so treiben. Ob sie schlafen können? Mit einem Tippen auf eine beliebige Taste erwacht der Computer zum Leben und ich freue mich wie ein kleines Kind, welches gerade am Geschenke-Auspacken ist.

Nur zu gern würde ich anderen meine Trophäen zeigen, doch sie würden es nicht verstehen.

Kapitel 42

Sie hatte abgenommen und ihre Haut schien gräulich, seit Tagen – oder waren es bereits Wochen? – hatte sie kein Tageslicht mehr gesehen. Weinen konnte sie auch nicht mehr, selbst Hunger verspürte sie kaum noch. Zwar sorgte ihr Peiniger relativ gut für sie, aber auch nur dann, wenn sie ihn an sich ranließ. Doch sie hatte schon in jüngeren Jahren lernen müssen, mit so etwas umzugehen. Sie war damals jahrelang missbraucht worden und keiner hatte es gemerkt. Sie hatte nie jemandem davon erzählt, und jetzt, wo sie so kurz davor gewesen war, sich wegen der Torturen von damals in Behandlung zu begeben, schien sich der ganze Alptraum zu wiederholen. Sie war sich nicht sicher, aber sie war der Meinung, er roch genauso wie der Mann damals. Sie hatte seinen Namen vergessen. Es war damals ein guter Kumpel ihres Vaters gewesen. Die beiden Männer hatten sich wegen irgendetwas zerstritten und dann kam er nicht mehr zu ihnen nach Hause. Und jetzt, knapp sieben Jahre später, hockte sie in diesem dunklen Verließ und hoffte, endlich sterben zu können wie die anderen. Sie hatte von den Mädchen gehört, man kam schließlich nicht drum herum. Aber auch er hatte ihr von ihren Vorgängerinnen erzählt. ‚Ein notwendiges Übel‘ hatte er ihren Tod genannt.

»Hast du sie getötet?«, hatte sie ihn gefragt.

»Nein«, hatte er geantwortet. »Gott hat sie zu sich geholt.«

»Aber wie?«, hatte sie wissen wollen. »Sie sind verhungert«, sagte er knapp und hatte das Thema beendet.

Jemand schloss die Tür auf, und sie schreckte aus ihren Gedanken auf. *Reiß dich zusammen*, dachte sie. Er schwieg, als er den Raum betrat. Sie merkte sofort, dass irgendetwas nicht stimmte. Er stellte den schmutzigen Eimer vor die Tür und einen neuen für sie bereit. Dann stellte er ihr frisches Trinken und etwas zu essen hin und deutete ihr schweigend, sich auszuziehen. Sie ließ alles über sich ergehen. Während er stöhnend auf ihr lag, hörte sie, wie etwas aus seiner Tasche fiel. Es klang metallisch. Er schien nichts mitbekommen zu haben. Als er fertig war und sich die Hose wieder schloss, warf sie schnell ihr T-Shirt auf das Messer und zog sich langsam wieder an. Dann, als er sich umdrehte, um zu gehen, nutzte sie die Chance und zog das Messer unter dem Shirt hervor. Vorsichtig schlich sie sich von hinten an ihn ran und stach zu.

Kapitel 43

Die Bilanz war schlecht. Zwei Leichen, drei weitere Frauen vermisst und davon eine, die aus der Reihe fiel, bei der noch nicht einmal sicher war, ob es sich hierbei um denselben Täter handelte. Sie passte nicht in das Bild des Täters.

Außerdem fehlte eine seiner besten Ermittlerinnen. Er konnte noch immer nicht glauben, dass sie sein Vertrauen so missbraucht haben sollte. Das war nicht die Katja, die er kannte, das passte nicht und trotzdem sprachen die Beweise gegen sie. Er hatte versucht sie zu erreichen, doch sie hatte ihr Telefon allem

Anschein nach ausgestellt. Mit zusammengekniffenen Augenbrauen saß er am Fenster. Vor sich hatte er die Fallakten liegen, immer und immer wieder las er sie sich durch, in der Hoffnung, irgendwas zu finden, das er übersehen hatte. Etwas Entscheidendes. Ob Engel etwas in Erfahrung gebracht hatte? Er beschloss, ihm einen Besuch abzustatten.

Die Tür zum Büro stand offen, sodass er nicht anklopfte. Doch Thomas saß gar nicht an seinem Platz.

»Thomas?«, rief er, doch es kam keine Antwort. Er wird wahrscheinlich kurz weg sein. Als er gerade wieder den Raum verlassen wollte, lief er in den Polizeichef hinein.

»Ah, Herr Schröder, gut, dass ich Sie hier antreffe. Ich habe Ihnen zwei neue Kollegen für Ihren aktuellen Fall eingeteilt.«

»Zwei neue Kollegen? Wie darf ich das denn verstehen? Es musste doch nur eine Person ersetzt werden.«

»Nein, zwei. Frau Fuchs und Herr Engel.«

»Bitte, was?« Entsetzt blickte er seinen Vorgesetzten an. »Wieso Herr Engel?«

»Ich darf Ihnen nichts Genaueres sagen, Herr Schröder. Fakt ist, dass er die nächste Zeit nicht wiederkommt. Wann er wiederkommen wird, weiß ich nicht. Aber bis dahin wird der Fall geklärt sein, da bin ich …«

»Das darf doch wohl nicht wahr sein!«, unterbrach Schröder ihn ungehalten. »Jetzt haben Sie mir wahrscheinlich zwei neue Trottel vor die Nase gesetzt, die vom Tuten und Blasen keine Ahnung haben. Wahrscheinlich noch frisch von der Polizeischule. Keinerlei Berufserfahrung, oder noch besser: Quereinsteiger!«, sagte er verärgert.

»Sie wissen ganz genau, dass …«

»Was weiß ich? Hä? Ach, lassen Sie mich doch in Ruhe.«

Er drängte sich an ihm vorbei.

»Wo wollen Sie hin, Schröder?«, fragte er ihn.

Niklas hob nur die Hand und sagte: »Das geht Sie einen Scheiß an. Überlegen Sie sich, wie Sie mich noch loswerden. Dann können Sie den Fall ja selbst lösen.«

Kapitel 44

Sie hatte ihre komplette Wäsche gewaschen und die Wohnung bestimmt schon zum zwanzigsten Mal aufgeräumt und geputzt. Und noch immer war sie nicht zufrieden. Auch hatte sie keine Idee, wie sie beweisen sollte, dass nicht sie der Maulwurf war. Dazu musste sie nämlich herausfinden, wer er war. Sie beschloss, sich an Thomas zu wenden. Er hatte ihr schließlich gesagt, dass die Sommer etwas von ihr wolle. Vielleicht hatte er eine Idee, wer dahinterstecken konnte. Sie war sich sicher, dass er heute im Büro sein musste, denn schließlich musste er nun für zwei arbeiten. Sie wollte ihn auf dem Rückweg vor seiner Wohnung abfangen.

Er wohnte zum Glück nicht allzu weit von ihr entfernt. Sie rang mit sich. Er würde nicht unbedingt begeistert sein, sie zu sehen. Immerhin war sie ja jetzt in den Augen der anderen aus dem Revier ein Kollegenschwein. Eine Verräterin. Während sie noch hin und her überlegte, wie sie ihn davon überzeugen sollte, dass sie mit der ganzen Sache nichts am Hut hatte, sah sie die Haustür aufgehen und eine Person herauskommen. Eine ihr sehr bekannte Person. Wieso war er nicht im Büro? Sie konnte sich nicht vorstellen, dass Schröder ihm freigeben würde. Sie wusste nicht warum, aber irgendetwas sagte ihr, dass etwas nicht stimmte. Der Schreibtisch, Thomas zuhause anstatt im Büro, das alles passte nicht zusammen. Vielleicht war es auch nur ihr Polizeihirn, das ihr einen Streich spielte. Sie ahnte hinter jeder Ecke ein Verbrechen oder einen Hinterhalt. Ehe sie aussteigen konnte, war er in seinen Wagen gestiegen und fuhr los. Also hängte sie sich an ihn dran, darauf bedacht, möglichst großen Abstand zu halten. Was sollte sie sagen, wenn er sie entdeckte? Entschuldigung, ich hatte das Gefühl, mit dir stimmt etwas nicht? Nein. Sie schüttelte bei dem Gedanken daran den Kopf. So ein Blödsinn. Sie merkte schnell, dass er nicht auf dem Weg ins Präsidium war. Sie fuhren Richtung Stadtausgang. Das Viertel, in das er kam, war ihr bekannt. Sie hatte schon einige Einsätze hier gehabt, meist war es um Bandenkriege der Dealer-Szene gegangen. Vor einem alten Gebäude hielt er an und stieg aus. Was will er hier? Hat es was mit dem Fall zu tun? Sie parkte weiter weg. Irgendwie kam sie sich schäbig vor. Wieso verfolgte sie ihren Kollegen? Sie fühlte sich wie eine Stalkerin. Er blickte sich um. Eine Hecke verdeckte ihr Auto, sodass er sie nicht sehen konnte. Der Motor war aus, also konnte er sie auch nicht hören. Dann tat er etwas Ungewöhnliches; er zog sich eine schwarze Skimaske auf und ging in das Gebäude.

Sie blieb kurz sitzen, um das eben Gesehene zu verarbeiten. Thomas Engel, der mit ihr bei der Leipziger Polizei arbeitete, fuhr allein in ein Viertel, in dem es von Drogenbanden, Zuhältern und Prostituierten nur so wimmelte. Er hielt an einem Gebäude, das allem Anschein nach mal eine Fabrik gewesen sein musste. Nachdem er sich vergewissert hatte, dass ihn niemand beobachtete, zog er sich eine schwarze Maske über den Kopf, und betrat dann das Gebäude. Was hatte das zu bedeuten?

Sie wartete ein paar Minuten. Doch er kam nicht wieder heraus. Katja stieg aus dem Wagen und folgte ihrem Kollegen in das Innere des Gebäudes. Das Fabrikgelände war nicht besonders groß, sodass sie sich schnell einen Überblick über alles verschaffen konnte. Die Wände waren mit zahlreichen Graffitis übersät und es lag überall Müll herum. Leere Glasflaschen, Verpackungen und sogar Windeln hatte hier jemand entsorgt. Der Eingang des Gebäudes war teilweise eingestürzt und sie überlegte kurz, ob sie Thomas wirklich folgen wollte. »Was tue ich hier nur?«, murmelte sie vor sich hin. Sie bereute es, dass sie die Verfolgung überhaupt aufgenommen hatte. Andererseits war sein Verhalten mehr als auffällig.

Kapitel 45

Sie wollte gerade zuschlagen, als er sich wieder umdrehte und noch im Schlag die Hand festhielt. »Was soll das werden?«, fragte er betont ruhig, aber der Klang seiner Stimme machte ihr Angst. »Ich...« Die restlichen Worte blieben ihr im Hals stecken. Sekundenlang herrschte Stille und er blickte ihr in die Augen. Sie konnte ihren Blick nicht abwenden, hatte Angst vor der Strafe, die ihr blühte. Bis jetzt war sie ihm gefügig gewesen, hatte sich in seinen Augen nichts zuschulden kommen lassen. Aber der Versuch, ihn niederzuschlagen und das Messer konnten das ändern, das ahnte sie. Von der einen auf die nächste Sekunde veränderte sich sein Gesichtsausdruck; aus dem unterkühlten Blick wurden Blicke des Zorns. Sie konnte förmlich spüren, wie Flammen aus seinen Augen schossen. Er schlug ihr das Messer aus der Hand und grub seine Finger in ihre Haare, dann schleifte er sie hinter sich her. Franziska hatte kaum eine Chance, Schritt zu halten und stolperte mehr, als dass sie lief.

Sie gingen einen langen Gang entlang und kamen zu einer Treppe. Das Geländer war teilweise nicht mehr vorhanden, der Rest war so verrostet, dass auch das bald in seine Einzelteile zerfallen würde. Unten angekommen, flackerten nur wenige Lampen, die noch nicht von Zeit und Randalen zerstört worden waren, und konnten ihnen gerade mal den weg vor ihren Füßen leuchten. Sie waren gerade einmal wenige Meter gegangen, als sie eine Tür erreichten. Es war eine schwere Eisentür. Während er sie aufschloss, griff er gefühlt noch fester in das Haar, das in den Tagen, die sie schon bei ihm war, immer dünner zu werden schien. Der Raum, den sie betraten, war stockfinster, und es roch nach einer Mischung aus Urin, Fäkalien und Schweiß. Ihr wurde speiübel. Dann hörte sie es; da war noch jemand, jemand außer ihr. Er stieß sie in den Raum hinein, und noch ehe sie sich umdrehen konnte, hatte er die Tür wieder hinter ihr verschlossen.

»Hallo?«, fragte sie fast flüsternd in den Raum hinein. Sie hörte ein Wimmern. »Du brauchst keine Angst haben, ich glaube, wir machen gerade dasselbe durch.«

Die andere schien sich wieder gefangen zu haben und sagte: »Ich glaube nicht.«

Franziska tastete sich langsam durch die Dunkelheit auf der Suche nach einer Wand oder irgendetwas anderem Festen. Dabei stieß sie etwas um. Es klapperte wie Metall und ihre Füße wurden warm. Sie wollte lieber nicht darüber nachdenken, was sie da gerade umgeworfen hatte, und versuchte, ihr Ziel zu erreichen. Als sie die andere gefunden hatte, ließ sie sich langsam hinabgleiten und wollte wissen: »Wieso glaubst du das?«

»Weil er jetzt das erste Mal seit er mich hier eingesperrt hat wieder hier war, ich soll hier nur sterben und
ich bin mir sicher, bei dir ist es etwas anderes, habe ich
recht, Franziska?«

Sie wusste nicht, was sie sagen sollte. Woher wusste
diese Frau, wer sie war?

»Woher weißt du meinen Namen?«

»Ist nicht schwer zu erraten, du wirst seit Wochen
vermisst und da außer dir nur noch eine weitere am Leben ist, hatte ich nur diese eine Chance, dass du es bist.«

»Wie, am Leben ist?«

»Die anderen Frauen wurden tot aufgefunden. Verhungert oder verdurstet, such es dir aus.«

Ihre Kehle schnürte sich zu, sie hatte das Gefühl zu
ersticken. Ihr Herz raste. Aber sie musste diese eine Frage stellen, sie brauchte die Gewissheit. »Wie viele wurden
aufgefunden?«

»Zwei.« Sie wusste nicht, ob sie erleichtert sein sollte
oder was sie überhaupt denken sollte. Zwei Frauen waren tot, bald vielleicht sogar drei, wenn nicht sogar vier.
Und das nur wegen ihr? Sie wusste mittlerweile wieder,
wer er war, sie hatte ihn an seiner Stimme erkannt. Zu
Beginn hatte sie gedacht, sie bildete sich das nur ein, weil
diese ganze Sache sie so heftig an damals erinnerte, wie
eine Art Déjà-vu-Moment. Doch jetzt war sie sich sicher.
ER war es. Er hatte sie wiedergefunden, nach all den
Jahren. Und er würde sie sich mehr gehen lassen.

Kapitel 46

Er hatte nun bestimmt zum zwanzigsten Mal versucht, Katja zu erreichen, doch ohne Erfolg. Ihr Telefon schien tot. »Das darf doch nicht wahr sein!« Schröder überlegte kurz, dann beschloss er, es doch zu versuchen. Er hatte ein Recht darauf, zu erfahren was los war, wenn ihm schon der Chef der Leipziger Polizei nicht sagen wollte, warum Thomas Engel nicht mehr an dem Fall mitwirkte und sogar längerfristig ausfiel. Er wählte eine weitere Nummer, doch auch da ging niemand ran. Wie zuvor versuchte er es ein paarmal, bevor er aufgab. Warum ging auch Engel nicht an sein Smartphone? Irgendetwas stimmte nicht, deshalb beschloss er, ihn zuhause aufzusuchen. Der Verkehr ging sehr schleppend voran. Nachdem er an einer Baustelle fast zwanzig Minuten an einer roten Ampel hatte warten müssen, stand er jetzt auch noch wegen eines Verkehrsunfalls im Stau. *Klasse,* dachte er. *Immer dann, wenn man es am meisten gebrauchen kann.*

Sein Telefon hatte er vor lauter Wut achtlos auf den Rücksitz gepfeffert. Er musste herausfinden, was da los war. Er erwartete von seinen Mitarbeitern, dass sie an ihre Telefone gingen, wenn er anrief. Er rief ja schließlich nicht zum Spaß an, im Gegenteil. Schröder hasste

Telefonieren, deswegen vermied er es so gut es ging, und deshalb wussten die Kommissare, dass es sehr wichtig sein musste, wenn er schon mal anrief, und gingen auch immer an ihr Telefon oder riefen wenig später zurück. Diesmal jedoch nicht. Und da beide die Anrufe nicht wahrnahmen, läuteten die Alarmglocken. Er konnte sich dieses Gefühl nicht erklären, das ihn fast auf dem gesamten Weg zu Thomas begleitete.

Wenige Minuten später hatte er ebenfalls die Straße erreicht, in der Engel wohnte, und das Haus war auch schnell gefunden. Er parkte seinen Wagen auf einem Mutter-Kind-Parkplatz und stieg aus. Die junge Frau, die eigentlich gerade in diese Parklücke hineinfahren wollte und die, soweit er das aus dem geöffneten Fenster der Dame hören konnte, ein sehr verärgertes oder hungriges Baby dabeihatte, rief ihm wütend hinterher. Er hörte irgendwelche Beleidigungen, die ihn aber gerade nicht interessierten. Er steuerte auf die Haustür des Mehrfamilienhauses zu und drückte wahllos mehrere Klingeln, indem er mit der Hand über mehrere Knöpfe fuhr. Dann hörte er es surren und betrat das Gebäude. Sein Kollege wohnte im vierten Stock, so viel wusste er noch. Er entschloss sich, den Fahrstuhl zu nehmen und wartete.

»Der ist kaputt«, hörte er eine Stimme hinter sich. Verwirrt drehte er sich um. Eine ältere Frau stand bei den Briefkästen und blickte ihn an.

»Wie bitte?«, fragte Schröder.

»Der Fahrstuhl«, sagte sie und deutete auf ihn. »Der ist kaputt, schon seit Tagen. Sie müssen schon die Treppe nehmen.«

»Ah, okay. Wird der denn nicht repariert?«, wollte er erstaunt wissen.

»Scheinbar nicht«, sagte die Rentnerin und fummelte mit ihrem Schlüssel am Briefkasten rum.

Zwei Stufen auf einmal nehmend sprintete der Hauptkommissar die Stufen hinauf, und schon nach der zweiten Etage ging ihm die Puste aus. Vielleicht sollte er auch einmal solche Fitnesskurse besuchen, zu denen seine Tochter immer ging. Als er in der vierten Etage angelangt war, beschlich ihn ein komisches Gefühl. Die Tür zu Engels Wohnung war nur angelehnt.

Kapitel 47

Im Inneren der alten Fabrik fiel nur wenig Licht von außen herein. Sie stieg über Steine und Schutt. Immer wieder blieb sie stehen und horchte. Instinktiv griff sie an die Stelle, an der sie immer ihre Waffe stecken hatte. Dann erinnerte sie sich daran, dass sie ja suspendiert war, weil ihr jemand etwas anhängen wollte. Bei jedem Geräusch, das sie hörte, fuhr sie herum, nur um dann festzustellen, dass sich ein Vogel in das Innere des alten Gebäudes verirrt hatte oder eine Ratte an ihr vorbeigerannt war. Und jedes Mal bekam sie fast einen Herzinfarkt. Sie kam zu einer Treppe, bis hierher reichte das wenige Licht kaum, das durch die teilweise vernagelten Fenster fiel. Sie nahm ihr Smartphone heraus und leuchtete sich den Weg die Treppe hinauf. Hier und da musste sie über weiteres Geröll steigen, und überall lag Müll herum. In den oberen Räumen waren die Fenster nicht mit Holz zugemacht worden, und deswegen konnte sie die Umgebung hier besser erfassen. Neben Bergen aus Müll, der zum Großteil aus Flaschen und zerknüllen Verpackungen bestand, war einiges an Laub und Dreck durch die kaputten Fenster geweht worden. Nachdem sie die oberen Räume alle durchlaufen hatte, war sie sich sicher, dass er sich im Keller aufhalten musste. Katja vermutete, dass er nicht hier war, um etwas zu ermitteln. Ihr Gefühl sagte ihr, dass sie aufpassen musste. Während sie noch in den oberen Räumlichkeiten war, blickte sie sich nach etwas um, das sie im Notfall auch als Waffe würde gebrauchen können, und wurde fündig. In einer Ecke des Raumes fand sie ein verrostetes Taschenmesser, die Klinge ließ sich nur mit Mühe ausklappen, aber es war besser als nichts. Sie steckte es ein und holte ihr Handy raus, um sich den Weg in die Räume zu leuchten, vor denen es ihr am meisten graute. Seit Jahren schon litt sie unter Achluophobie, der Angst vor der Dunkelheit. Warum sie diese Angst hatte, wusste sie selbst nicht genau, aber es graute ihr davor, in die untersten Etagen zu gehen und nicht zu wissen, was sie erwartete. Doch überraschenderweise waren die unteren Gänge hell erleuchtet. Bevor sie das Telefon wieder in ihre Hosentasche steckte, schrieb sie noch eine Nachricht an Schröder. Sie wusste, dass es vielleicht die dümmste Idee sein konnte, die sie je gehabt hatte und sie wahrscheinlich in einem noch schlechteren Licht dastehen lassen konnte, als so schon, aber sie hatte einen so dringenden Verdacht, dass sie diesen einfach äußern musste.

»Ich weiß, ich darf nicht, aber bin Thomas zu der alten Fabrik in Leutsch gefolgt, habe ein ganz mieses Gefühl. Ich glaube, er hat was zu verbergen. Katja.«

Inständig betete sie, dass er diese Nachricht lesen würde, bevor es zu spät war. Sie hatte in den Gängen dieses Kellers kaum die Möglichkeit, sich zu verstecken; keine Ecke war verborgen genug, um ausreichend Schutz zu bieten und nicht gesehen zu werden. Sie war nun scheinbar im hinteren Bereich des Kellers angekommen. *Wenn jetzt das Licht ausfällt, krepier ich*, schoss es ihr durch den Kopf. Eine Panikattacke schlich sich an und sie versuchte, sie durch ruhiges Ein- und Ausatmen zu verhindern. Plötzlich hörte sie ein Geräusch. Schnell blickte sie sich nach einer Versteckmöglichkeit um und hatte Glück. Zusammengekauert hockte sie hinter einem alten Werkzeugschrank und versuchte, durch eine Spalte zwischen Wand und Schrank auszumachen, was im Keller los war. Dann sah sie IHN. Thomas Engel. Er hatte eine Frau im Schwitzkasten, und sie erkannte sofort, welche es war. Es war Franziska Mahler. Sie war dünner als auf dem Fahndungsfoto, aber die Gesichtszüge … Es handelte sich eindeutig um die junge Vermisste. Er zerrte sie irgendwohin. Katja haderte mit sich. Was sollte sie tun? Sie wusste, dem Löwen in seine Höhle zu folgen war dumm. Sie würde gefressen werden, aber andererseits wollte sie wissen, was da vor sich ging. Was machte Thomas hier? War das vielleicht ein riesiger Irrtum und es handelte sich hier gar nicht um ein Gewaltverbrechen? Andererseits war die Frau definitiv Franziska, da gab es keine Zweifel. Sie beschloss, so dumm es war, den beiden vorsichtig zu folgen. Sie drückte sich nah an die Wand, wobei ihr klar war, dass er sie dann trotzdem noch sehen konnte. Nachdem sie einige Meter gelaufen war, dachte sie, sie hätte die beiden verloren, doch dann sah sie die Tür nur wenige Meter entfernt. *Bitte, bitte lass sie offen sein*, dachte sie, legte ihre Hand auf den Griff und drückte ihn hinunter. Und sie hatte tatsächlich Glück, die Tür war nicht abgeschlossen. Ohne das Licht ihres Smartphones ging sie hinein und hockte sich neben die Tür, wobei sie sie einen kleinen Spalt geöffnet ließ, um das Geschehen draußen zu beobachten. Sie hörte, wie eine Tür geschlossen wurde und sah, wie er an der Tür vorbeilief, dann drehte er sich um und blickte ihr direkt in die Augen.

Kapitel 48

Die Waffe im Anschlag, stieß er mit seinem Ellenbogen vorsichtig die Tür auf. Kein Laut war aus dem Inneren der Wohnung zu hören, dennoch wollte sich der Kommissar nicht auf diese trügerische Ruhe verlassen. Die ersten zwei Räume waren leer. Als er jedoch in Richtung Bad ging, was sich am anderen Ende des Flures befand, stieß ihm ein beißender Geruch in die Nase. Er kannte diesen süßlich faulen Geruch, bei dem einem sogar das Frühstück von vor drei Tagen wieder hochkommen möchte. Und er ahnte, was ihn in dem Badezimmer erwarten würde.

Als er den Raum betrat, konnte er zunächst nichts Verdächtiges feststellen. Doch als er die zugezogenen Vorhänge der Badewanne sah, war ihm klar, dass die Ursache des Gestanks hinter dem Duschvorhang lag, dort, wo auch der Geruch am penetrantesten war. Vorsichtig öffnete er ihn, und vor ihm befand sich genau das, was er erwartet hatte: eine Leiche. Er zückte ein Handy aus seiner Manteltasche. Umgehend bestellte er die Spurensicherung und die Kollegin von der Forensik zum Fundort. Nachdem er aufgelegt hatte, piepste sein

Handy. Eine WhatsApp-Nachricht von Katja. Stirnrunzelnd las er die Nachricht seiner Kollegin. Sie war auf irgendeinem Fabrikgelände und hatte Thomas wegen irgendetwas im Visier. Es dauerte Ewigkeiten, bis er seine Nachricht in das Telefon getippt hatte. Er war froh, dass er seine Lederhandschuhe, die er gegen die Kälte, die heute draußen herrschte, nicht ausgezogen hatte. Somit blieb ihm jegliche Konfrontation mit der Spurensicherung erspart, wieso er irgendetwas angefasst hatte. »Ich hoffe, Sie haben nichts angefasst«, sagte sie, als sie sich an ihm vorbei zum Tatort schob.

»Natürlich habe ich das, wie hätte ich euch sonst rufen sollen, wenn ich nicht weiß, mit was ich es hier zu tun habe?«, erklärte er mit einer Unschuldsmiene, die sie aber nicht sonderlich interessierte.

»Ich denke, der Geruch hätte gereicht, finden Sie nicht auch? Sie wissen schließlich mittlerweile, wie eine Leiche riecht.«

»Stellen Sie sich nicht so an, ich habe Handschuhe getragen. Ich habe nur den Vorhang kurz zur Seite geschoben, um mir ein Bild von dem Ausmaß des Ganzen zu machen.«

»Ach, erzählen Sie doch nichts, Sie wollten nur vor mir wissen, um was es geht, anstatt überrascht zu werden. Ich weiß, wie Sie das hassen«, sagte sie und machte sich an die Arbeit.

Da hat sie nicht ganz Unrecht, stimmte er ihr in Gedanken zu, wagte es aber nicht, diesen laut auszusprechen, denn wenn er eines mehr hasste, als Überraschungen, waren es rechthaberische Weiber.

Kapitel 49

Sie hörte das Schluchzen der Frau.

»Es bringt dir nichts, wenn du weinst, also halt doch dein Maul«, flüsterte sie gerade so laut, dass ihre Mitgefangene es hören konnte.

»Was hast du angestellt, dass er dich zu mir gebracht hat?«, wollte die Unbekannte wissen.

»Ich dachte… Ach, ist doch auch egal, jetzt bin ich hier. Hätte er mich doch einfach erschlagen«, seufzte sie. »Dann hätte dieser Albtraum ein Ende.«

Die andere schwieg einen Augenblick. »Wolltest du flüchten?«

Sie nickte, dann fiel ihr ein, dass sie sie ja nicht sehen konnte und sagte: »Ja, ihm ist sein Messer aus der Tasche gefallen, da hab ich es an mich genommen. Er hatte sich weggedreht und als ich zuschlagen wollte, hatte er sich im selben Augenblick wieder umgedreht und gesehen, was ich vorhatte. Dann ist er durchgedreht.«

»Ist er das nicht schon vorher?«, meinte die andere sarkastisch. Die beiden schwiegen wieder. Nina stellte fest, dass die Dunkelheit zu zweit erträglicher war, aber sie ahnte auch, dass ihm das sehr bald auffallen würde und dann würde er dem Einhalt gebieten, so weit hatte sie ihn schon durchschaut.

»Ich glaube, wir sollten nicht so viel reden«, sagte sie dann.

»Ja, glaube ich auch.« Wenige Zeit später hatte sie die Dunkelheit wie eine dicke Decke eingehüllt und die Mädchen trauten sich beide kein Wort zu sagen. Die Stille war so erdrückend, dass sie in den Ohren wehtat. Franziska wollte am liebsten schreien, einfach nur, um etwas zu hören außer dem Atem des anderen Mädchens. Sie schien älter zu sein, als sie selbst, zumindest klang sie sehr erwachsen, nicht so wie die meisten Mädels in ihrem Alter. Minuten schienen vergangen zu sein, vielleicht waren es auch nur Sekunden, als sie hörten, dass jemand an der Tür war.

Kapitel 50

Sie versuchte, keinerlei Geräusche von sich zu geben, doch sie hatte das Gefühl, ihr Herz und ihre Atmung gehorchten ihr nicht. Sie schienen sich sekundenlang in die Augen zu sehen, dann drehte er sich um und ging weiter. Irritiert blieb sie wie angewurzelt hinter der Tür stehen. Sie war der Meinung gewesen, dass er sie gesehen hatte, dennoch ging er weiter, anstatt sie anzugreifen. Katja musste überlegen, was sie als Nächstes tun sollte. Das Problem war der Keller. Sie wollte das Mädchen retten, doch wie sollte sie das anstellen, ohne ihm direkt in die Arme zu laufen? Langsam schlich sie sich aus ihrem Versteck und blickte den Gang hinunter, bevor sie zu der Tür ging, durch die er eben mit dem Mädchen verschwunden war. Sie war mit mehreren Schlössern gesichert. Suchend blickte sie sich um, doch sie konnte keinen Schlüssel entdecken.

»Verdammter Mist«, flüsterte sie vor sich hin und tastete den Boden und den Türrahmen ab in der Hoffnung, vielleicht doch auf den ersehnten Schlüssel zu stoßen. Sie ging zurück zu dem Raum, in dem sie sich noch vor wenigen Augenblicken versteckt hatte, und knipste das

Licht an. Doch wie erwartet war der Raum leer. Sie hatte wenigstens auf ein vergessenes Brecheisen gehofft oder eine Zange oder dergleichen. Sie versuchte es an der Tür davor, doch auch dort war nichts außer ein paar Spinnenweben an den Wänden. Unter normalen Umständen hätte sie jetzt schreiend das Weite gesucht, aber was galt bei ihr schon als »normaler« Umstand?

Sie wollte gerade aufgeben, da entdeckte sie einen Schraubenzieher, ein wenig alt und verrostet, in einer Ecke eines Raumes. Wieder blickte sie erst auf den Gang hinaus, bevor sie erneut zu dem verschlossenen Kellerraum ging. Immer wieder rutschte sie mit dem Werkzeug ab, mit dem sie versuchte, die Scharniere zu lösen. Ständig warf sie einen Blick über ihre Schulter, aus Angst, dass er plötzlich hinter ihr stehen könnte. Als sie endlich die zweite Sicherung gelöst hatte, hörte sie von weiter hinten aus dem Gang ein Geräusch.

Kapitel 51

Während die Spurensicherung ihre Sachen wieder zusammenpackte und die Forensikerin die Leichenteile zum Transport vorbereitete, sah sich Schröder die Wohnung noch mal etwas genauer an. Doch er konnte auf den ersten Blick nichts Verdächtiges entdecken. Er ging noch einmal von Raum zu Raum in der Hoffnung, dass ihm etwas ins Auge sprang. Und tatsächlich, wie eben erst im Büro fiel ihm auch hier ein Laptop auf, der geöffnet auf dem Couchtisch stand. Bevor einer von der Spurensicherung das Gerät einpacken konnte, nahm ihn Schröder an sich, wobei er sich einen wütenden Blick von einem der Kollegen einfing. Doch das störte ihn nicht. Er ging in die Küche und war froh, dass Engel im Besitz einer Kaffeemaschine war. Er ließ den Kaffee durchlaufen und suchte zudem Zucker, dann holte er sich eine Tasse aus dem Schrank und stellte diese ebenfalls an seinen Arbeitsplatz. Einer der Männer von der Spurensicherung blickte noch einmal zu ihm herein und deutete mit fragendem Blick auf den Laptop. Schröder schüttelte den Kopf und sagte, bevor der Mann noch irgendetwas entgegnen konnte: »Ich schau mir den Lap-

top gleich hier vor Ort an. Ihr habt doch hier alles einge-
sammelt. Ich kann euch doch nichts mehr kaputt machen.« Sein Gegner öffnete den Mund, um etwas zu
sagen, dann schloss er ihn wieder und schüttelte nur
seufzend den Kopf. Der Kaffee war mittlerweile durch-
gelaufen, und nachdem Niklas sich sein koffeinhaltiges
Getränk eingeschenkt hatte, setzte er sich an den Tisch
und fuhr den Rechner hoch. Dann stand er vor der ersten Hürde, dem Passwort. Wer Engel kannte, wusste,
dass er sich ganz schlecht

Sicherheitskennwörter merken konnte. Er war sich sicher, dass er irgendwo das Gesuchte finden würde. Da er
wusste, dass er ebenso unkreativ im Verstecken war wie
im Merken, blickte er als erstes unter den Deckel des
Laptop-Akkus. Und tatsächlich, er hatte sich sein Kenn-
wort genau dorthin geklebt. *Ich bin einfach ein Genie*, dachte er. Jeder andere hätte die gesamte Bude auseinander-
genommen und sich wahrscheinlich dann gesagt, dass er
sich dieses Passwort doch von selbst hätte merken können. Nicht so Schröder, er war ein sehr guter Beobachter
und hatte eine, seines Erachtens bemerkenswerte Auf-
fassungsgabe. Er nahm einen Schluck aus seiner Kaffeetasse und tippte die Buchstaben-Zahlen-Kombination in
das leere Feld. Der Desktop erschien und mit ihm öffnete sich automatisch ein Programm. Erst dachte er, es
hätte sich ein Werbevideo geöffnet, doch dann bemerkte
er seinen Fehler und erkannte es als das, was es war: Es

waren Live-Aufnahmen einer Kamera, einer Nachtsicht-kamera, wie es aussah. Darauf zu sehen waren zwei junge Frauen, die eine lehnte mit geschlossenen Augen an der Wand, und die andere saß im Schneidersitz mitten im Raum und starrte ängstlich Richtung Tür. Er drehte den Ton auf, konnte aber nur ein Rauschen vernehmen. Dann hörte er, dass sich wohl jemand an der Tür des Raumes zu schaffen machte. Im nächsten Augenblick kannte er auch die Namen der beiden Frauen: Franziska Mahler, die weiterhin wie ein Reh, das auf der Hut vor einem anderem Tier war, ihre Umgebung versuchte zu beobachten, und die andere war Nina Sommer, die Re-porterin, die vor einigen Wochen wegen genau diesem Fall in sein Büro gestürmt war. *Jetzt ist ihr ihre Neugier scheinbar zum Verhängnis geworden*, dachte er. Er dachte an Katjas Nachricht und überlegte, ob er wirklich ein Team an die genannte Adresse schicken sollte. Seine Entschei-dung wurde ihm wenige Sekunden später genommen, als Katja Fuchs in den Raum stürmte. Sie blickte sich su-chend in dem Zimmer um und schaltete das Licht an. Die Frauen hielten sich bei dem plötzlich erstrahlenden und ungewohnten Licht die Augen zu. Franziska fing an zu schreien, während sich Nina Sommer nur stumm das Gesicht mit den Händen abschirmte.

Kapitel 52

Die jungen Frauen waren an den Händen mit Kabelbindern gefesselt und beide, Franziska sowie Nina, in einem erbärmlichen Zustand. Vergeblich versuchte Katja, das junge Mädchen zu beruhigen, doch alles Reden half nichts. Panisch blickte sie auf den Flur hinaus, doch er war noch nicht zu sehen. Es war nur eine Frage der Zeit, bis er mitbekommen würde, dass es da jemanden gab, der ihm die Suppe versalzen wollte. Sie ging zurück zu dem immer noch schreienden Mädchen und zerrte es hoch. Sie war schwerer als erwartet. Obwohl sie ziemlich zierlich war, hatte sie das Gefühl, dass sie einen übergewichtigen alten Mann hochhieven würde. Als sie sie endlich auf den Beinen hatte, fiel ihr ein, dass diese Nina auch noch da war, doch zu ihrer Erleichterung war diese schon von selbst aufgestanden.

»Ich muss euch in dem Raum nebenan verstecken. Wenn wir jetzt den Gang entlanggehen und er uns entgegenkommt, haben wir verloren«, erklärte sie mehr sich selbst als den beiden anderen.

Nina nickte nur. Mittlerweile hatte die Siebzehnjährige aufgehört, zu schreien. Sie starrte nur noch vor sich hin, ließ sich aber widerstandslos zum genannten Raum führen. Bevor sie die zwei in den Raum ließ, schaltete sie das Licht ein. Sie hatte Angst, dass er sich bereits hier versteckt hielt und sie ihn mit seinen Opfern einsperren würde. Doch der Raum war zum Glück leer. Sie schloss die Tür, da hörte sie weiter vorne bereits ein Geräusch. Er kam zurück.

Kapitel 53

Er hatte sie nicht schreien gehört. Das musste er auch nicht, er hatte das ganze Spektakel über sein Tablet beobachtet. Auch dort hatte er das Programm der Kamera installiert. Er hatte gesehen, wie sich die junge Frau, die Kommissarin, in dem Raum versteckt gehalten hatte. Er wusste, dass sie ihm gefolgt war. Doch er fand es ganz amüsant, mit ihr zu ‚spielen', sie in Sicherheit zu wiegen. Seelenruhig hatte er sich das Schauspiel angeschaut. Er musste lächeln über diese Dummheit. Wie konnte sie als Polizistin so leichtgläubig sein und denken, dass er nicht mitbekommen würde, was sie vorhatte? Sie wollte die Retterin spielen, die Heldin. Die, die ihn gefangen hatte. Aber den Gefallen würde er ihr nicht tun. Jetzt beschloss er, dass es genug war. Er wollte sich zeigen, ihr beweisen, dass sie doch nicht so schlau war, wie sie vermutete.

Er konnte ihre Angst riechen. Das Adrenalin wurde in seine Venen gepumpt. Als er um die Ecke bog, war der Gang leer. Wo hatte sie sich versteckt? Er würde sie finden, dessen war er sich sicher. Er schaute zuerst in dem Raum, in dem die beiden Frauen bis eben gewesen waren. Sie hatte gerade irgendetwas zu den Mädchen

218

gesagt, er hatte es aber nicht verstehen können, weil seine Auserwählte so laut geschrien hatte. Doch er machte sich keine Sorgen, denn er würde sie finden. Da war er sich sicher. Überall. Wie erwartet war das Zimmer leer. Das machte nichts.

Weit konnten sie nicht sein. Er schaute in den Raum nebenan. Nichts. Auch die nächsten Räume fand er leer vor. Langsam war er irritiert. Wo konnten sie sich versteckt haben? Er wurde wütend. Er hasste dieses Gefühl, er hatte es damals schon gehasst, wenn sein Bruder ihn wütend gemacht hatte. Sein Bruder, der tolle Polizist, den alle liebten. Er war das große Vorbild gewesen, von dem er sich doch bitte eine Scheibe hatte abschneiden mögen. Und er, er war der Versager, der Taugenichts. Schon damals hatte man ihn als verhaltensauffällig betitelt. Und dann, mit sechzehn, hatte er es das erste Mal getan. Sie war so hübsch gewesen. Mit ihren blonden Locken und den blauen Augen hatte sie ihm bis in seine Seele geblickt, sein Herz berührt. Sie war zu dieser Zeit gerade einmal vier Jahre alt gewesen. Ihre Eltern hatten nichts geahnt. Doch es kam nie zu näherem Kontakt. Doch das hieß nicht, dass er es sich nicht vorgestellt hatte. Ihm war bewusst, dass das krank war. Es entsprach nicht der Norm, doch das wollte er auch nicht. Er wollte sie haben, nur sie.

Mit den Jahren waren es viele Mädchen gewesen, keine älter als acht, doch er riss sich zusammen.

Er wollte nicht als das schwarze Schaf in der Familie gelten. Er suchte sich einen Job und eine

Wohnung. Dennoch war sein Zwilling der

Beliebtere der beiden. Er rettete Menschen, half ihnen in der Not. Der tolle Thomas, und Marcel, Marcel war nur Verkäufer in einem Supermarkt. Also für seine Eltern quasi ein Nichts.

Mittlerweile hatte er in alle Räume geschaut, doch sie waren verschwunden. Das konnte nicht sein, das durfte nicht sein! Dann fiel ihm ein Raum auf, den er fast vergessen hatte. Er lag hinter einem alten Spint, den irgendwer hier unten gelassen hatte. Durch die Größe war ihm die Tür dahinter erst gar nicht aufgefallen, obwohl er schon mehrfach daran vorbei zu seinen Trophäen gegangen war. Sein Grinsen wurde breiter, je näher er der Tür kam. Er würde dieser Schlampe schon noch Manieren beibringen. Er riss die Tür auf und trat in das Innere des Raumes. Das Licht hatte er eingeschaltet. Doch der Raum war leer. Er wollte gerade vor Wut gegen den alten Metalltisch treten, der an einer Seite des ansonsten leeren Raumes stand, als plötzlich die Tür ins Schloss fiel. Vor ihm stand die Frau, die er über den Laptop beobachtet hatte, während sie seine Gefangenen befreit hatte.

Kapitel 54

Sie hatte den Frauen zugeflüstert, sie sollen sich so schnell wie möglich aus dem Staub machen. Nicht nach hinten schauen, einfach raus aus diesem Keller. Draußen wären mittlerweile Polizisten, die sie in Sicherheit bringen würden. Sie wusste es nicht genau, aber sie hoffte, dass Schröder ihre Nachricht gelesen haben mochte und daraufhin eine Einheit zu ihr geschickt hatte.

»Wo sind meine Mädchen?«

Das war die erste Frage gewesen, die ihr der Mann, der ihrem Kollegen bis ins kleinste Detail glich, stellte. Sie wusste, dass es nicht Thomas sein konnte. Sie wusste allerdings auch nichts von einem Zwillingsbruder. Er hatte nie etwas erwähnt und doch wusste sie, dass der Mann, den sie in diesem Moment vor sich stehen hatte, nicht er war.

»Das werde ich dir nicht verraten«, sagte sie kühl. Sie war erstaunt, dass er sie nicht angriff, vielleicht vermutete er eine Waffe hinter ihrem Rücken. Wie gut, dass er noch nicht herausgefunden hatte, dass es sich um einen simplen Schraubendreher handelte. Sie wusste aber noch nicht, wie sie ihn lange genug in dem Glauben lassen konnte, dass sie ihm gefährlich werden konnte. Sie wusste allerdings ebenso wenig, inwieweit er ein Risiko eingehen würde, um ihr Schaden zuzufügen.

»WO SIND DIE MÄDCHEN?«

Diesmal schrie er.

»In Sicherheit!«, erklärte sie und blickte ihm dabei fest in die Augen.

Es vergingen einige Sekunden. Fest umklammert hielt sie immer noch das für sie nutzlose Werkzeug. Plötzlich schnellte er vor, schlug ihr den Dreher aus der Hand und schlang seinen Arm um ihren Hals. Dann drückte er zu, ehe sie überhaupt reagieren konnte. Er lachte, während sie verzweifelt nach Luft rang

Kapitel 55

Er riss die Tür auf, gerade noch rechtzeitig. Der Mann erschrak und ließ Katja los.

»Stör ich dich?«, fragte Niklas, seine Waffe auf ihn gerichtet. Katja sackte zu Boden. Er ließ den Mann nicht aus den Augen, als er langsam auf Frau Fuchs zuging, die Waffe keinen Zentimeter von seinem Ziel wegbewegend. Er legte seine Finger an ihren Hals, um den Puls zu fühlen. *Ein Glück*, dachte er und stellte mit Erleichterung fest, dass man noch etwas spürte.

»Was ist denn nur bei deiner Erziehung falsch gelaufen?«, fragte er kopfschüttelnd, als sein Gegenüber immer noch nicht antwortete. Verwirrt blickte ihn der Mann an und lächelte.

»Also, wenn das dein schönstes Lächeln sein soll, wundert es mich nicht, dass du keine Freunde hast, Marcel«, sagte Schröder und das Lächeln seines Gegenübers erstarb sofort. »Na, da guckst du. Hättest wohl nicht damit gerechnet, dass ich herausfinde, dass Thomas und du Zwillinge seid.« Er erwartete keine Antwort und fuhr fort: »Ich hatte schon die ganze Zeit den Verdacht, dass etwas nicht stimmt. Aber ich wusste nicht, was. Und dann hatte sich vor kurzem Thomas' gesamtes Verhalten geändert.

Da hab ich dann recherchiert und herausgefunden: Siehe da, es gibt einen guten und einen bösen Zwilling.« Er wartete kurz, bevor er weitersprach: »Rate mal, wer der böse Zwilling ist?« Mittlerweile war seine Kollegin wieder bei Sinnen. »Alles gut, Katja?«, fragte er und ließ sein Gegenüber nicht eine Sekunde aus den Augen. Sie nickte. »Soll ich dir helfen oder geht's?«

»Alles gut«, sagte sie mit heiserer Stimme.

»Oben warten Ärzte. Wir sprechen nachher.« Sie nickte wieder. Katja schaffte es, aufzustehen und den Raum zu verlassen.

»Warum hast du die Mädchen entführt?«, wollte er wissen. Marcel sah ihn mit leerem Blick an und Schröder war sich sicher, er würde ihm diese Frage nicht beantworten.

»Machen wir was anderes. Zieh deine Hose aus und setz dich dorthin«, sagte Schröder und deutete auf einen kaputten Stuhl, der in einer Ecke des Raumes stand. Der Mann bewegte sich keinen Zentimeter. Schröder seufzte. »Entweder, du kleines Stück Scheiße machst, was ich sage und setzt dich jetzt auf diesen Gott verdammten Stuhl oder ich knall dir das Hirn weg! Ich kann dir versprechen, ich hab damit kein Problem.«

Langsam bewegte Marcel sich zu der Sitzgelegenheit und setzte sich tatsächlich hin.

»Sehr gut«, lobte Niklas ihn und tätschelte ihm die Schulter. »Das gibt ein Sternchen ins Klassenbuch.« Dann zog er etwas aus seiner Jackentasche. Ein braunes Sisalseil kam zum Vorschein. »Hände auf den Rücken!«, sagte er barsch. Engel tat, wie ihm befohlen und ließ sich von dem Kommissar die Hände hinter der Stuhllehne zusammenbinden. »Eine Frage habe ich da noch, Marcel. Wer war der Tote in der Badewanne deines Bruders?« Immer noch schwieg er, aber Schröder sah, dass er lächelte

Kapitel 56

Nach knapp zwanzig Minuten fuhren sie auf dem unebenen Gelände ein. Die alte Fabrik lag ruhig da.

»Das kann ja lustig werden«, stellte einer der Männer fest, als er die Größe des Gebäudes sah. »Wie viele Stockwerke werden das sein, sechs? Sieben?«, fragte er den Einsatzleiter.

Der hob nur die Schultern. Vor solchen Einsätzen war er immer hoch konzentriert. Er ging alle möglichen Optionen und Fehlerquellen im Kopf durch.

»Wartet Niklas nicht auf uns? Ich sehe ihn nirgends«, fragte einer der Männer.

Ein anderer zuckte nur die Schultern mit den Worten »Keine Ahnung, mir egal.«

»Und wer leitet den Einsatz?«

Mit einem Kopfnicken deutete der Kollege auf einen jungen Mann Mitte vierzig. Er war sichtlich sportlich und hatte dunkelbraunes schulterlanges Haar, was er sich zu einem Zopf zusammengebunden hatte. Sein Vollbart war gestutzt und ließ ihn eher wie einen Biker wirken, als wie einen Polizisten. Er erinnerte sich daran, dass er Nils hieß, den Nachnamen hatte er vergessen. Der schien aber auch nicht wichtig zu sein.

»Na, dann wollen wir mal!« Sie gingen Schritt für Schritt wie bei jedem Einsatz vor. An allen möglichen Ecken um das Gebäude herum, sowie innen befanden sich Berge von Müll. Es hätte keinen der Männer gewundert, wenn man in irgendeinem entlegenen Winkel des Gebäudes menschliche Überreste eines Obdachlosen gefunden hätte. Immer wieder kursierten solche Gerüchte über die verlassenen Orte Leipzigs. Und tatsächlich hatte man auch schon Leichen aus solchen Gebäuden herausgeholt. Im Winter meist erfroren, ansonsten auch schon Totgesoffene oder Alte und Kranke, die hier einen Platz zum Schlafen gesucht hatten. Sie mussten feststellen, dass es dauern konnte, bis sie die gesuchten Personen finden würden. Nicht nur, weil alles verwinkelt war; es befanden sich auch noch mehrere Treppenhäuser in dem Gebäude

Kapitel 57

Er schwieg, und genau das war es, was Schröder inner-lich kochen ließ. Er schwieg und lächelte. »Wir werden die Taten auf dich zurückführen können. Ich hoffe, das ist dir bewusst«, sagte er.

Sein Gegenüber schüttelte nur immer noch lächelnd den Kopf. »Ich glaube nicht.«

»Wieso denkst du, dass du damit durchkommst? Das ist doch Beweis genug«, sagte er und deutete hinter sich.

»Was? Dass ich mich gerne in Fabriken aufhalte? Das dürfte höchstens als Faible oder Hobby zählen, nicht jedoch als Straftat.«

»Nein, das ist an sich keine Straftat. Aber das Entfüh-ren und Misshandeln von anderen Personen schon.«

»Und das beweisen Sie wie, Kommissar Oberschlau?«

»Glaube mir, wir finden Beweise, wenn wir welche su-chen, und das nicht zu knapp.«

»Lass mich los. Ich will meinen Anwalt sprechen«, sagte Marcel und zerrte an den Fesseln.

Jetzt war es Schröder, der lächelte. »Ich glaube kaum, dass dir ein Anwalt jetzt noch helfen kann«, sagte er. »Wir haben die vermissten Mädchen in deinen Fängen gefunden. Es würde mich nicht wundern, wenn wir auch noch die Letzte hier finden würden.«

Er sah, dass der Irre sein Gesicht zu einer hässlichen Fratze verzog, einem schrägen Grinsen.

»Sie ist nicht hier. Stimmt's?«, fragte Schröder. Er musste sich zusammenreißen, um nicht laut zu werden.

»Ohne meinen Anwalt sage ich hier gar nichts mehr«, knurrte der Mann.

»Ich denke schon, dass du das tun wirst«, entschied Schröder.

»Und das denkst du, weil …?«

»Du gehst mir dermaßen auf den Sack, weißt du das eigentlich?«, sagte er stattdessen.

»Warum denkst du das, Herr Kommissar?«, wollte der Mann erneut wissen.

»Ich denke es nicht, ich weiß das«, sagte er knapp.

Marcel blickte ihn an und lächelte. Kein herzliches, sondern ein kaltes, unberechenbares Lächeln. »Ich würde ja gerne wissen, wie Lilly sich anfühlt«, sagte er plötzlich.

Schröder erstarrte. »Sie ist soooo jung und so wunderschön.«

»Würdest du meiner Tochter auch nur zu nahekommen, würde ich dir deine Organe bei lebendigem Leib rausreißen«, sagte Niklas.

Er wusste, dass der Mann mit ihm spielte und er sich nicht auf die Richtung einlassen sollte, in die das Ganze ging. Doch Schröder war nie so gewesen und würde auch niemals so sein. »Mach mich los«, bat er und blickte den Kommissar an. »Nein«, sagte er. »Erst will ich wissen, wo die Frauen sind.«

»Ich verrate es dir, wenn du mich von den Fesseln löst.«

Kapitel 58

»Hier geht es nicht weiter, Chef«, sagte Nils. »Alles zuge-schweißt.«

»Dann versucht es bei dem anderen Aufgang, wir sind auch gleich da«, kam es per Funk. Über den anderen Treppenhausaufgang kamen die Männer in die vorletzte Etage vor dem Dach.

»Vorsicht, da vorne!«, sagte einer der Männer. Tatsächlich, weiter vorne in der Ecke saß eine zusammenge-sunkene Gestalt, eingehüllt in eine Decke. Ob tot oder lebendig konnte man von der Entfernung nicht sagen. Als sie, die Waffe im Anschlag, nah genug dran waren, stellten sie schnell fest, dass der Obdachlose wahrschein-lich nur einen Platz zum Schlafen gesucht hatte – und zum Saufen, wie sie den leeren Bierdosen und Schnaps-flaschen unschwer entnehmen konnten.

»Er lebt«, stellte Nils fest, als er den Puls des leblos herumliegenden Mannes fühlte.

»Ey!«, brüllte der Obdachlose plötzlich und schlug wild um sich. »Was macht ihr hier?«, wollte er wissen, seine Stimme klang rau.

Nils stolperte vor Schreck zurück. Es war ein Wunder, dass keiner der Männer einen Schuss freigesetzt hatte. Der alte Mann, Nils schätzte ihn um die fünfzig, hatte sich mühsam hochgezogen und mit dem Rücken an die Wand gelehnt hingesetzt.

»Sind Sie schon länger hier?«, versuchte es einer der Männer.

»Ein paar Wochen, wer will das wissen?«, sagte er.

Die Männer sahen sich ratlos an.

»Wir sind von der Leipziger Kriminalpolizei und in diesem Gebäude sollen sich vermisste Personen aufhalten. Haben Sie irgendetwas gehört oder gesehen?«, ergriff der Einsatzleiter das Wort.

»Ich finde es übrigens sehr unhöflich, wenn man sich nicht mit Namen vorstellt. Ich fange an. Mein Name ist Hubert, und Ihrer?«

Er seufzte hörbar. »Ich bin Nils, und jetzt möchte ich Sie bitten, unsere Frage zu beantworten. Es ist sehr dringend, es geht um Leben und Tod«, bat der Beamte den Alten, der angab, Hubert zu heißen.

»Bei mir etwa nicht? Ich könnte jeden Tag erfrieren oder von Ratten angefressen werden. Aber wer schert sich um mich?«, fragte dieser Hubert.

»Wir können Sie auch mit aufs Revier nehmen. Sie gefährden hier Ermittlungsarbeiten. Das ist eine Straftat.«

»Dann nehmen Sie mich halt mit, dort ist es wenigstens warm«, grinste der Obdachlose.

»Was können wir tun, damit Sie uns helfen?«, fragte ein anderer der Männer. »Also ich bitte d…«, fing Nils an, doch der Alte unterbrach ihn.

»Nun ja, wenn Sie mir ein bisschen Zaster geben, damit ich mir was zu essen und zu trinken holen kann, fällt mir bestimmt etwas ein.«

»Nein, nein, nein. So nicht, das ist Beamtenbestechung«, sagte Nils wütend. »Sie können froh sein, wenn ich Sie nicht sofort verhafte.«

»Dann schweige ich wie ein Grab.« Der Alte lächelte, während der Einsatzleiter verzweifelt seine Männer ansah

Kapitel 59

»Du denkst wohl, ich bin blöd. Ich löse dir die Fessel und was dann?«

Marcel blickte melancholisch zu Boden. »Ich war nicht immer so«, sagte er leise.

»Wie? Wie warst du nicht immer?«

»Ein Monster. Es begann in meiner Jugend. Ich habe mich mit fünfzehn in das Mädchen einer Nachbarin verliebt«, erklärte er.

»Wie alt war sie?«, fragte er, obwohl er es gar nicht wissen wollte.

»Sie war vier«, sagte er und erzählte weiter. »Viermal hatte ich mit ihr … Sie schr…«, wollte er gerade weitersprechen, als der Kommissar ihn unterbrach. »So was will ich nicht hören.«

Er grinste. »Ach, stimmt ja, du bist ja auch Vater. Ich habe deine Tochter gesehen. Hübsches Ding. Das wäre auch was für mich.«

»Wenn du es wagen solltest, dich auch nur auf fünfhundert Meter meiner Tochter zu nähern, hast du schon zehn Kugeln im Kopf«, sagte er ernst.

»Nun ja, von den kleinen Kindern bin ich seit meiner Therapie vor zehn Jahren weg.

Mittlerweile stehe ich eher auf die dreizehn- bis siebzehnjährigen Mädchen. Frag mich nicht warum, aber es ist so. Mein Therapeut kann sich das auch nicht erklären.«

Schröder schwieg nur, er musste das Gehörte verarbeiten. »Hast du dir je Gedanken darüber gemacht, was du den Mädchen damit antust?«

»Nein, sollte ich? Außerdem lebt keines mehr davon.«

»Du hast sie getötet?«

»Ja«, sagte er. »Doch irgendwann habe ich damit aufgehört. Mir konnte man bisher nie etwas nachweisen.«

»Dennoch hast du gerade mehrere Morde gestanden. Darf ich fragen, wie viele du getötet hast?«

»Kinder oder Ältere?«

»Insgesamt. Nicht die, die du hast verhungern lassen, sondern die anderen. Die, die du bewusst getötet hast.«

Er überlegte kurz und schien in Gedanken nachzuzählen. »Zehn bis zwölf Stück, würde ich sagen.«

»Wo sind die Leichen?«

Wieder grinste er. »Viel Spaß beim Suchen. Ich bin ja nicht blöd und habe alle schön verteilt. Und selbst wenn ihr sie finden solltet, was ich bezweifle, müsst ihr mir die Taten nachweisen können.«

»Das dürfte nicht das Problem sein«, sagte Schröder. Er hatte ein Geständnis und doch hatte er keines. Das

Schlimmste an der ganzen Sache war, dass er jetzt erzählen konnte, was er wollte. Er hatte kein Aufnahmegerät, nichts, womit er das Gesagte hätte Aufzeichnen können, und somit auch keine Beweise. Marcel könnte auf dem Revier wieder etwas anderes behaupten. Und Niklas war sich sicher, dass er dies auch tun würde. Dabei vergaß der Kommissar, dass er auch die Aufnahmefunktion seines Smartphones hätte nutzen können.

»Warum?«, fragte der Kommissar und ahnte, dass er die Antwort, die er bekommen würde, nicht hören wollte. Sein Gegenüber hob nur die Schultern. »Frag einen Menschen, warum er Krebs hat oder einen, von Geburt an Blinden, wieso er nicht sehen kann. Ich persönlich denke, Gott wollte es so.«

Ach du Scheiße, dachte Schröder. Es hätte ihn nicht gewundert, wenn er ihm erklärt hätte, er sei ein Auserwählter. »Ich wäre ja gerne derjenige, der dich persönlich zu deinem Gott befördert. Aber ich denke, das wäre noch eine Belohnung für dich. Ich wüsste keine Strafe, die grausam genug für dich wäre, du Made«, sagte Niklas in bedrohlichem Tonfall. Doch auch das beeindruckte den Mann keineswegs. Im

Gegenteil, er fing an zu lachen. Und plötzlich waren seine Fesseln gelöst.

Kapitel 60

»Chef, kann ich Sie kurz sprechen?«, fragte ein Mann, der, soweit Nils sich erinnerte, wohl Heiko hieß. Er hatte kurzes schwarzes Haar und eine rahmenlose Brille säumte seine braunen Augen. Der Einsatzleiter nickte dem etwa 1,83 Meter großen Mann zu und folgte ihm. »Wenn wir ihm einen Kaffee und eine warme Mahlzeit versprechen, hilft er uns vielleicht«, schlug er vor. »Dann hat er aber immer noch versucht, uns zu bestechen. Da mache ich auch bei so jemandem keine Ausnahme«, erklärte er. »Sie waren bestimmt nie in einer solchen Lage«, versuchte er es erneut. »Der Mann ist doch nur verzweifelt. Er schläft hier.« Er drehte sich einmal im Kreis. Nils blickte sich um, die Fenster waren alle kaputt oder fehlten ganz. Der eisige Wind der Leipziger Nachtluft wehte herein. Es gab wahrlich wärmere Plätze in Leipzig, an denen es Obdachlose wie dieser hier wärmer hatten. »Ich würde vorschlagen, wir fassen uns ein Herz, tun so, als hätten wir das nie gehört und versuchen ihm dieses Angebot zu unterbreiten. Ich bezahle ihm die Mahlzeit auch, damit habe ich kein Problem. Und ich denke, dann bekommen wir auch etwas aus ihm heraus«, sagte er.

Nils sah ihn nachdenklich an.

»Und wenn er nichts gesehen hat? Was machen wir dann?«

»Wir müssen es versuchen, und selbst wenn, dann haben wir eine gute Tat getan.«

»Na gut.«

»So«, sagte er an den Alten gewandt, »heute ist Ihr Glückstag, wenn Sie uns helfen.«

»Wie denn das?«, fragte er skeptisch. Er überlegte kurz. »Wenn Sie uns verraten, was Sie gesehen haben, bekommen Sie etwas zu essen, ein warmes Getränk und wir haben nicht mitbekommen, dass Sie versucht haben, Beamte zu bestechen«, schlug Nils vor.

Hubert überlegte. Dann sagte er den Männern, dass er des Öfteren einen Mann gesehen hatte, wo er es sich im unteren Geschoss bequem gemacht hatte. Als er Frauenschreie aus dem Keller gehört hatte, sei er weiter nach oben gewandert, weil er dachte, dass den Mann die oberen Stockwerke nicht interessierten. Da der Grundriss des Gebäudes so ungleichmäßig war, hatte er sich keine Sorgen gemacht, von dem Unbekannten gefunden zu werden.

Kapitel 61

Ehe Schröder sich's versah, hatte der Mann ihm die Waffe entwendet und zielte auf den Kommissar. Eine Weile standen sie sich gegenüber und starrten sich an. Erstaunlicherweise verspürte Niklas keine Angst. Er wusste zwar, dass die Waffe geladen war und ein gezielt gesetzter Schuss für ihn tödlich gewesen wäre, aber er wusste vor allen Dingen eines: dass dadurch ans Licht käme, wo sich die beiden Männer aufhielten. Dennoch überlegte er krampfhaft, wie er Marcel die Pistole entwenden konnte.

»Mach jetzt keinen Fehler«, sagte er ruhig.

»Sonst...?«, wollte der Mann wissen.

»Sonst hast du ein weiteres Menschenleben auf dem Gewissen«, erklärte er und blickte ihm direkt in die Augen.

»Und was soll das ändern?«, fragte Marcel.

»Es ändert viel, denn diesen Mord könnte man dir definitiv nachweisen.«

»Und auch das würde nichts ändern. Du hast es scheinbar noch immer nicht kapiert.« Nun endlich schien die Fassade des Kranken zu bröckeln. »Ich bin ein

Monster«, sagte er. »Ich hätte dieser Neigung nie nachgeben sollen.«

»Nein, das hättest du nicht, das stimmt«, sagte Schröder. Mittlerweile hatte der Typ die Waffe nicht mehr auf den Beamten, sondern auf sich selbst gerichtet. Das konnte Niklas nicht zulassen. Wenn der Mann sich selbst erschoss, würde er letzten Endes doch noch davonkommen. Außerdem wollte er sein Geständnis auf Band haben, und dazu brauchte er ihn lebend. Plötzlich flog die Tür auf und die Uniformierten stürmten den Raum. Schröder nutzte diesen unverhofften Augenblick und stürzte sich auf den Mann.

Dann ertönte ein Knall – aus der Waffe hatte sich ein Schuss gelöst. Plötzlich war alles still. Blut sickerte auf den Boden. Entsetzen zeigte sich in den Gesichtern der Beamten. Die Männer starrten einander fassungslos an.

»Wir brauchen einen Krankenwagen!«, sagte Nils und leitete sofort alles in die Wege.

»Er verblutet, die sollen sich beeilen«, sagte einer der Männer

Kapitel 62

Erst hatte alles danach ausgesehen, dass er alles unbeschadet überstehen würde. Doch dann kamen die Infektion und das Fieber. Er hatte innerhalb kürzester Zeit viel Blut verloren, dadurch waren einige Hirnregionen zu lange unterversorgt gewesen. Die Frau stand in einem dunklen Mantel vor dem Bett, sie hatte sich an dem Schwesternzimmer vorbeigemogelt. Um ihn herum piepsten die Geräte... Sie wusste, dass Nikotin in einer gewissen Dosis tödlich sein würde. In einer Spritze hatte sie das flüssige Gift vorbereitet. Ehe jemand darauf kommen würde, dass sie es gewesen war, würde man sie längst vom Asphalt vor dem Krankenhaus gekratzt haben. Sie fand schnell eine Vene, danach warf sie die Spritze daneben in den Mülleimer. Sie verließ das Zimmer und machte sich auf den Weg zum Dach.

Wenig später wurden die Schwestern und Ärzte von dem durchdringenden Warnton der Geräte aufgeschreckt, doch als sie in den Raum des Patienten kamen, fanden sie nur noch eine Nulllinie auf dem Monitor vor.

***

»Wenn es so ist, dann ist es so«, sagte er und nippte an seinem wahrscheinlich schon fünften Kaffee, seit Katja seine Wohnung betreten hatte. Lilly war in ihrem Zimmer und chattete mit irgendeinem Typen aus Neuseeland.

»Was meinst du, was die mit dir machen werden?«, fragte sie ihn.

Er hob nur die Schultern.

»Mir egal, er hat es verdient, außerdem: Umgebracht hat ihn jemand anderes. Also kann er schon mal nicht mehr gegen mich aussagen. Und sonst war keiner dort. Zur Not wird die Anklage aus Mangel an Beweisen fallen gelassen. Wie geht es Thomas? Hat er sich mal aus der Klinik gemeldet?«

»Nicht bei mir. Aber der Polizeichef meinte, es dauert noch eine Weile, bis er wieder arbeiten kann.«

»Er soll sich so viel Zeit nehmen, wie er braucht. Ich brauche schließlich Leute, die voll bei der Sache sind. Musste er ausgerechnet bei diesem Fall ein Burnout bekommen? Aber ich denke, wir haben ihn bald wieder. Und mich auch«, gab er sich zuversichtlich.

Auch wenn Schröder eine unerträgliche Person war, war er immer noch besser als das, was ihn ersetzen sollte. Sie hatte lieber den Feind, den sie kannte, als einen, den sie nicht kannte. Ihn konnte sie wenigstens einschätzen im Gegensatz zu den Neuen. Nachdenklich war ihr Blick auf die himmelblaue Vorlegeware geheftet.

»Möglich«, sagte sie schließlich. »Ich weiß auf jeden Fall von nichts.«

Er nickte dankend. Je weniger Zeugen und je weniger Beweise, desto schwerer würde es den ermittelnden Behörden fallen, etwas herauszufinden. Und das spielte ihm in die Karten.

Kapitel 63

Sie sog die kalte klare Luft ein. Zahlreiche Bilder schossen durch ihren Kopf. Sie erinnerte sich an alles, klar und deutlich. Sie konnte sich an seine ersten Besuche erinnern. An ihr Geheimnis. An die Angst. Niemand hatte es jemals erfahren dürfen. Dann war er weg gewesen und sie dachte, jetzt würde alles gut werden. Doch als sie das alles schon fast wieder vergessen hatte, war das erste Mädchen verschwunden, und als sie das Bild der jungen Frau gesehen hatte, war ihr Herz stehen geblieben. Sie hatte ihr zum Verwechseln ähnlich gesehen. Und da war ihr klar geworden: Da war jemand auf der Suche nach ihr gewesen, alle Zeichen hatten auf ihn gedeutet. Es war wieder alles da gewesen; die Albträume, die Ängste. Sie hatte sich mehr und mehr von allen isoliert und dann die Flucht ergriffen. Niemand würde je verstehen können, was sie durchgemacht hat. Das Geländer in ihren Fingern schien sich an die nackte Haut ihrer Hände festgebrannt zu haben. Das Wasser strömte unter ihr vorüber. Es war so weit; sie musste loslassen. Dann schloss sie die Augen und zählte bis drei.

ENDE

Weitere Personen

Dr. Jonathan Weiß

Alter: 54 Jahre

Beruf: Psychologe

Weitere Angaben: stammt aus Leipzig, ist einer der Besten seines Berufs.

Nina Sommer

Alter: 28 Jahre

Beruf: Journalistin

Vergangenheit: stammt nicht aus Leipzig, sondern ist aufgrund einer Beziehung von Köln nach Leipzig gezogen. Arbeitet beim Leipziger Tageskurier.

Lilly Schröder

Alter: 17 Jahre

Beruf: Schülerin

Lieblingsbuch: »Solange wir lügen«

Musik: Top40

Peter Hartmann

Alter: 56

Status: Polizeichef

Aussehen: Rauschebart, groß gewachsen, Glatze

Harald

Alter: 49

Status: ehemaliger Klassenkamerad von Schröder

Aussehen: vom Alkohol gezeichnet

Marcel Engel

Alter: 36

Beruf: Kassierer (derzeit arbeitslos)

Aussehen: etwas mollig, Glatze

Zum Thema
Angst

Als David Führt mich gebeten hatte, einen Gastbeitrag zum Thema Angstzustände zu schreiben, wusste ich nicht, was ich davon halten sollte.

Was ist Angst? Und wie wirkt sie sich aus?, waren zunächst meine Fragen. Also begann ich, im Internet zu lesen und fand Antworten von wissenschaftlicher Natur, die ein jeder von uns dort finden kann.

Wikipedia erklärt den Begriff der Angst wie folgt: *»Angst ist ein Grundgefühl, welches sich in, als bedrohlich empfundenen, Situationen als Besorgnis und unlustbetonte Erregung äußert. Auslöser können dabei erwartete Bedrohungen, etwa der körperlichen Unversehrtheit, der Selbstachtung oder des Selbstbildes sein. Krankhaft übersteigerte Angst wird als Angststörung bezeichnet.«*

Das zur Theorie. Doch was bedeutet Angst für mich? Sie gehört zu meinem Alltäglichen, aber sie durchdringt mich nicht und macht mir das Leben nicht schwer. Angst zu haben, empfinde ich als normal. Lässt sie uns doch über Situationen oder Menschen nachdenken, die uns lieb und teuer sind und möglicherweise somit auch anders als erwartet handeln.

Menschen haben vor vielen Dingen Angst. Sie haben Angst sich zu binden, Angst Kinder in die Welt zu setzen, Angst vor ihrem Chef, Angst vor dem Wetter, Angst vor dem Fliegen oder Zahnarzt, Angst vor Krieg und Terror. Die Gründe für Angst sind so vielschichtig wie das Leben. Eigentlich hat man vor allem Angst, sogar vor sich selbst. Wer sich die Angst zum besten Freund macht, kann das Schöne nicht sehen. Sie lähmt und macht uns inaktiv.

Man kann nicht alle Ängste über einen Kamm scheren, wie etwa krankhafte Angst oder die Angst in Lebenskrisen. Wir Menschen sind unterschiedlich und gehen auch unterschiedlich mit den Höhen und Tiefen des Lebens um. Wenn Angst von uns Besitz ergreift und nicht mehr loslassen will, sollte man sich professionelle Hilfe holen.

Kurz zu meiner Person. Mein Name ist Janette John und ich schreibe Bodenseekrimis mit Spannung und Humor. Wer mehr über mich erfahren möchte, kann das gerne unter: www.janettejohn.de tun.
Schöne Grüße vom Bodensee wünscht Ihnen

Janette John

Bonusmaterial

Vom Opfer zum Täter

Die tragische   Geschichte des Marcel E. kurzgefasst:

Es geht ihm nicht um Sex, sondern vielmehr darum, Macht auszuüben. Er selbst wurde als Zehnjähriger zwei Jahre lang von einem Bekannten der Familie sexuell missbraucht und konnte dies nie richtig verarbeiten. Er hatte Angst, sogar Panik zu sterben, er hatte keine andere Wahl, als es wieder und wieder über sich ergehen zu lassen. Seine Schreie verhallten in der Hand seines Peinigers, welcher diese fest auf dessen Mund presste.

Mit einundzwanzig Jahren begann er, das Erlebte niederzuschreiben; es sollte eine Art Therapie werden für ihn, als auch für andere Opfer sexueller Gewalt. Nach zwei Jahren war das Manuskript fertig, jedoch sollte es niemals veröffentlicht werden. Immer und immer wieder wurde es abgelehnt.

Aus Verzweiflung wurde Wut und genau diese wollte raus.

Nun, mehrere Jahrzehnte später sollte sich dieses Schauspiel wiederholen. Doch diesmal führt er Regie. Er tut es, um seinen eigenen Schmerz für einen Augenblick zu unterdrücken. Es ist eine Art Fetisch, etwas, woran er sich ergötzt. Er hat kein Mitgefühl mit seinen Opfern. Es ist ihm egal, welches seelische und körperliche Leid diese erfahren müssen.

Seinen Eltern hatte er nie erzählt, was wirklich passiert war, denn er schämte sich dafür, und nun ist es zu spät, denn er hat schon früh beide Elternteile verloren. Beide kamen bei einem Autounfall ums Leben. Seinem Peiniger ist er seither stets aus dem Weg gegangen.

Warum erzähle ich euch das? Ich habe kein Verständnis für das, was Marcel Engel den jungen Frauen angetan hat. Doch ich wollte euch den Grund dafür nennen, warum er es getan hat.

Über Katja Fuchs

Ausgebildet an der Hochschule der Sächsischen Polizei, wurde sie 2014 bei der Kriminalpolizei Leipzig angestellt. Seit nunmehr zwei Jahren arbeiten Fuchs und Schröder als das Top-Team der Leipziger Kriminalpolizei zusammen. Eines Ihrer größten Ziele ist es, in einigen Jahren für das BKA in Wiesbaden arbeiten zu dürfen.

Sie selbst stammt aus einer Polizeifamilie, denn schon ihr Vater sowie ihr Onkel waren bei der Kriminalpolizei. Nach mehreren gescheiterten Beziehungen möchte Sie sich nun vorrangig auf die Karriere konzentrieren. Eine Beziehung mit Schröder kann sie sich derzeit bei aller Liebe nicht vorstellen.

Über Dr. Jonathan Weiß und N. Schröder

In dieser Geschichte habe ich erzählt, dass Franziska Mahler Hilfe beim Experten gesucht hat, doch auch eine andere Figur aus diesem Roman suchte die Praxis auf. Nachdem Niklas Schröder von Berlin nach Leipzig gezogen war, machte er sich kurzerhand auf die Suche nach jemandem, den er als vertrauensvoll einschätzte, um mit diesem reden zu können. Doch sollten die Termine immer unregelmäßiger geworden sein, bis es irgendwann zu gar keinem mehr kam.

Über N. Schröder

Wie ihr vielleicht schon gelesen habt, hatte Niklas Schröder vor seiner Zeit in Leipzig in Berlin gearbeitet. Es sollte für ihn jedoch beruflich wie privat katastrophal werden. Nachdem er erst eine ziemlich steile Karriere hingelegt hatte, kam es immer wieder vor, dass er die Grenzen missachtete, um schneller zum Erfolg zu kommen. Dies sollte nicht immer ohne Opfer sein. Seit er in Leipzig ist, muss man sagen, dass er etwas ruhiger geworden ist. Natürlich ist er dort nicht seit Anfang an Leiter der Kripo gewesen, jedoch ist er immer mit Herzblut bei der Sache. Der wichtigste Mensch in Schröders Leben ist seine Tochter Lilly. Klara wohnt seit der Trennung nicht mehr in der ehemals gemeinsamen Wohnung, sondern in einer kleineren Zweiraumwohnung im Bezirk Charlottenburg-Wilmersdorf.

Glossar

Liquidator Methode – Die Selbsthilfe, die eigenen Angstzustände zu überwinden. Diese Methode wendet Franziska an, noch bevor sie erneut auf ihren Entführer trifft.

Postmortal – Verletzungen, die nach dem Tod zugefügt werden, werden postmortal zugefügt. In dieser Geschichte schlitzt der Täter mit einem Messer seine Initialen in den Rücken der toten Frauen.

Trittbrettfahrer – Sie ahmen Taten ihrer Vorbilder nach, um Aufmerksamkeit zu bekommen. Meistens sind die Vorbilder Serienmörder oder Vergewaltiger. In dem hiesigen Fall mischt sich dieser direkt ins Geschehen ein, um seinem Vorbild den Rücken frei zu machen.

Nachwort

Ich möchte mich bei meinen Eltern bedanken, ohne die dieses Buch nie entstanden wäre.

Danke an Frau Dr. G. M. für die letzten zwanzig Jahre. Danke auch an die Polizei Sachsen sowie Manfred Lukaschewski für die tolle Kooperation; ich würde mich freuen, wenn wir auch in Zukunft weiter zusammenarbeiten.

Auch an dieser Stelle, nochmal Danke an Sarah für die tolle Unterstützung während des gesamten Projekts. Danke. Ich weiß, dass es auch für dich nicht immer einfach war, aber du hast mir die Zeit gegeben, die ich gebraucht habe, um dies zu realisieren.

Danke an Nicole Beisel für deine Spontanität.

Danke an Tom Jung, beziehungsweise Peter Hartmann. Du hast mich zu dieser Figur inspiriert; ich hoffe, sie gefällt dir, auch wenn Sie nur einen kurzen Auftritt hatte.

Danke an Silke Ziegler, bleib wie du bist.

Danke an Janette John für das tolle Nachwort zum Thema »Angst«.

Danke an meine Testleser.

Mein letzter Dank gilt den Menschen, die mich für das Schreiben begeistert haben. Danke an Andreas Gruber, Arno Strobel sowie Ursula Poznanski und all diejenigen, die ich jetzt vergessen habe, und natürlich den GimaG eVerlag, der mir sehr hilfreiche Informationen zum Thema Angstattacken gegeben hat.

Auch gibt es Menschen, die diesem Tag, dem Tag, an dem sie das Buch in den Händen halten dürfen, entgegengefiebert haben, mich eingeschlossen. Ich danke euch für die Geduld, die ihr aufgebracht habt, sowie all denjenigen, denen ich damit ganz schön auf die Nerven gegangen bin.

Danke an alle Leserinnen und Leser.
Ihr alle seid großartig!

In eigener Sache:
Wenn euch das Buch gefallen hat, würde ich mich freuen, wenn ihr es eurer Familie, Freunden und Kollegen empfehlen würdet.